Deseo™

De playboy a padre

CATHERINE MANN

HARLEQUIN™

Editado por HARLEQUIN IBÉRICA, S.A.
Núñez de Balboa, 56
28001 Madrid

DE PLAYBOY A PADRE, N.º 61 - 19.1.11
Título original: Bossman's Baby Scandal
Publicada originalmente por Silhouette® Books.

I.S.B.N.: 978-84-671-9622-1
Depósito legal: B-42216-2010
Editor responsable: Luis Pugni
Preimpresión y fotomecánica: M.T. Color & Diseño, S.L.
C/ Colquide, 6 portal 2 - 3º H. 28230 Las Rozas (Madrid)
Impresión y encuadernación: LITOGRAFÍA ROSÉS, S.A.
C/ Energía, 11. 08850 Gavá (Barcelona)
Fecha impresion para Argentina: 18.7.11
Distribuidor exclusivo para España: LOGISTA
Distribuidor para México: CODIPLYRSA
Distribuidores para Argentina: interior, BERTRAN, S.A.C. Vélez Sársfield, 1950. Cap. Fed./ Buenos Aires y Gran Buenos Aires, VACCARO SÁNCHEZ y Cía, S.A.
Distribuidor para Chile: DISTRIBUIDORA ALFA, S.A.

Prólogo

Nueva York, cuatro meses antes

Lauren Presley no entendía cómo un hombre podía estar tan dentro de ella y al mismo tiempo tan distante. Pero así era. El hombre medio desnudo que acababa de penetrarla en el sofá del despacho hacía rato que había abandonado emocionalmente su cuerpo. Y ella terminaría por echarlo en cuanto recuperase el aliento.

El cuero del sofá turquesa se pegaba a sus pantorrillas a través de las medias, empapadas de sudor por el frenético arrebato pasional. Al menos había acabado la jornada laboral y su estudio de diseño gráfico estaba desierto.

Todo parecía desordenado e inconexo, como en un cuadro de Dalí. No podía culpar a Jason por lamentarse de lo ocurrido, ya que ella también empezaba a arrepentirse por lo rápido que sus bragas habían acabado en el suelo y su vestido subido hasta la cintura. Jason Reagert era un colega del trabajo con quien mantenía una buena relación laboral, pero esa sólida alianza tal vez acababa de irse a pique. Lo único que podía hacer era superar cuanto antes aquellos embarazosos momentos postcoitales, y a ser posible con su orgullo intacto.

Un débil zumbido rompió el silencio de la oficina.

–Los pantalones te están vibrando –observó Lauren.

Jason se arqueó hacia atrás y enarcó una ceja.

–¿Cómo?

Ella le puso la mano en la cadera, junto a su BlackBerry.

–Está zumbando.

–Maldita sea –masculló él, apartándose bruscamente de ella. Sus zapatos Testoni resonaron contra el maltratado parqué mientras se sentaba y agarraba el aparato–. Qué inoportuno…

Lauren evitó su mirada mientras se incorporaba y se ajustaba el negro vestido de seda. Las bragas tendrían que esperar. Empujó con el pie la prenda de satén negro bajo el sofá.

–Tu conversación íntima deja mucho que desear.

–Lo siento –el chirrido de la cremallera al cerrarse resonó fuertemente en el silencio nocturno–. Es la alarma.

–¿Para qué? –preguntó ella, mirando con nerviosismo las paredes blancas, el caballete del rincón y el material gráfico.

–Para recordarme que debo tomar un avión a California.

Se marchaba.

Lauren se levantó, se alisó el vestido y buscó sus zapatos de leopardo favoritos, que no podría volver a ponerse sin acordarse de aquella noche absurda.

Jason y ella habían estado enfrascados en los últimos detalles de un proyecto para la última campaña publicitaria de Jason, quien iba a abandonar Nueva York para trasladarse a pastos más verdes en California. El trabajo que Maddox Communications le había ofrecido en San Francisco representaba una oportunidad única, y ella lo había sabido desde un par de semanas antes. Aquella noche, al darle un abrazo de despedida, se vio repentinamente asaltada por una pena demoledora que acabó haciéndole perder la cabeza.

Estaba contemplando su atractivo rostro mientras intentaba reprimir las lágrimas, y al instante siguiente estaban besándose desenfrenadamente. Una oleada de placer le recorrió la espalda al recordar los movimientos de su lengua y de sus manos y la fuerza con la que le agarraba el trasero y la levantaba contra él. Su cuerpo volvía a anhelar la breve pasión que habían compartido. Quería aferrarse a las sensaciones que la abrumaban sin piedad.

Recuperó los restos de su autocontrol y apartó la mirada de los tentadores rasgos de Jason. No sabía de dónde habían salido aquellos sentimientos y tampoco estaba segura de qué hacer con ellos.

Vio sus zapatos con estampado de leopardo bajo el escritorio y agradeció la oportunidad de poner distancia entre ella y Jason y el sofá que olía a sexo salvaje. Se arrodilló y consiguió sacar un zapato, pero el otro estaba lejos de su alcance.

–Lauren... –los zapatos de Jason se detuvieron junto a ella, recordándole la indecente postura que estaba manteniendo, postrada en el suelo y con el trasero en alto–. No tengo costumbre de...

–Cállate –lo interrumpió ella. Se sentó sobre sus talones y sintió que las mejillas adquirían el mismo color rojo que sus cabellos–. No tienes por qué decir nada –en su cabeza resonaban los humillantes ruegos de su madre para que su padre se quedara.

–Te llamaré…

–¡No! –se olvidó de los zapatos y se levantó, descalza sobre el frío suelo de madera–. No hagas promesas que no vayas a cumplir.

Él recogió la chaqueta del respaldo de una silla metálica.

–Podrías llamarme tú.

–¿Y de qué serviría? –replicó ella, atreviéndose a mirarlo a la cara por primera vez. Su atractivo juvenil se había curtido con los años que había pasado en el ejército. Era un hombre que, aun procediendo de una familia rica e influyente, se había labrado su propia fortuna–. Vas a irte a California, yo vivo en Nueva York, y entre nosotros no hay nada. Sólo somos unos compañeros de trabajo que se han visto atrapados por un arrebato hormonal puramente fortuito. Lo que ha pasado no tiene la menor trascendencia.

Se echó hacia atrás la larga melena y abrió la puerta que comunicaba con el estudio, completamente vacío salvo por las sillas giratorias colocadas desordenadamente junto a las mesas.

Jason apoyó una mano en el marco.

–¿Me estás echando?

Al parecer, Jason Reagert no estaba acostumbrado a recibir una negativa. Ella se había prestado rápidamente a satisfacerlo, pero eso iba a cambiar.

–Sólo estoy siendo realista, Jason –lo miró fijamente, muy erguida, a pesar de que él le sacaba una cabeza.

Más tarde ya se ocuparía de rumiar su desgracia en la soledad de su bonito apartamento en el Upper East Side. O mejor aún, perdiéndose un día entero por las galerías del Metropolitan. No podía olvidar que el arte lo era todo para ella.

Aquel negocio, hecho posible gracias a la inesperada herencia de su tía Eliza, era su gran oportunidad para hacer realidad sus sueños y demostrarle a su madre que se merecía algo más que un marido rico.

No iba a tolerar que ningún hombre la apartara de su camino.

Finalmente, Jason asintió.

–Muy bien. Si eso es lo que quieres, así será –le acarició el pelo con los nudillos y le pasó el pulgar por el pómulo–. Adiós, Lauren.

Ella adoptó una expresión solemne e imperturbable. Jason se dio la vuelta, con la chaqueta enganchada a un dedo sobre el hombro, y Lauren reprimió el impulso de llamarlo.

La noticia de su marcha había sido una desagradable sorpresa. Pero no podía compararse al nudo que se le formó en la garganta mientras lo veía salir por la puerta.

Capítulo Uno

San Francisco, en la actualidad

Sacarse a Lauren Presley de la cabeza había resultado mucho más difícil de lo que Jason Reagert se imaginó cuando dejó atrás Nueva York. Pero al menos lo había intentado… hasta recibir aquella foto.

Levantó la mirada del BlackBerry hacia la mujer con la que llevaba ligando la última hora en el ruidoso y atestado bar, y volvió a bajarla hacia la imagen de Lauren Presley celebrando el Año Nuevo.

La imagen de una Lauren Presley inconfundiblemente embarazada.

Jason nunca se quedaba sin palabras. No en vano era un especialista en el mundo de la publicidad. Pero en aquellos momentos se le había quedado la mente en blanco. O mejor dicho, colmada de las imágenes que había vivido en la oficina de Lauren. ¿Sería posible que aquella única noche, aquella noche alucinante y completamente inesperada, hubieran creado un bebé? No había vuelto a hablar con Lauren desde entonces; claro que ella tampoco lo había llamado, y menos para comunicarle que estaba embarazada.

Parpadeó unas cuantas veces e intentó enfocar las distorsionadas imágenes que lo rodeaban. Las paredes del bar proyectaban un resplandor rosado mientras examinaba la impactante imagen que acababa de enviarle un amigo de Nueva York. Adoptó una expresión imperturbable mientras pensaba la mejor manera de contactar con Lauren, quien prácticamente lo había echado a patadas de su vida la última vez que se habían visto.

Un tipo que giraba al ritmo de la música lo empujó por detrás y Jason se movió para proteger el BlackBerry de la multitud que atestaba el bar. El Rosa Lounge era un pequeño y exclusivo local de Stockton Street, escasamente iluminado y con mesas verdes de cristal y sillas negras lacadas. Una barra de mármol blanco ocupaba una pared entera, con las botellas suspendidas por encima, y en la pared de enfrente se alineaban las mesas altas y blancas. Estaba a una manzana de Maddox Communications, por lo que era el lugar de reunión favorito de los empleados tras cerrar un acuerdo o acabar una presentación importante.

Agarró con fuerza el aparato. Aquella reunión se había convocado en su honor, y el momento para ser el centro de atención no podría haber sido más inoportuno.

–¿Hola? –lo llamó Celia Taylor, haciendo chasquear los dedos bajo sus narices. En su otra mano sostenía una copa de Martini–. Tierra llamando a Jason.

Él se obligó a concentrarse en Celia, otra agente publicitaria de Maddox Communications. Afortunadamente, aún no había comenzado a beberse su Sapporo. La cabeza ya le daba suficientes vueltas sin necesidad de alcohol.

–Estoy aquí… Siento haberme distraído –se metió el BlackBerry en el bolsillo de la chaqueta y sintió que la foto digital lo abrasaba a través de la camisa–. ¿Quieres que te pida otra copa?

Había estado a punto de ofrecerle algo más que una copa, pero en ese momento había recibido la foto. Al parecer, la tecnología tenía un curioso sentido de la ironía.

–No, gracias, estoy bien servida –dijo Celia, tocando el borde de la copa con una uña pintada–. Debes de haber recibido un mensaje muy importante del trabajo. Podría sentirme ofendida por no acaparar tu atención, pero en el fondo sólo estoy celosa porque mi teléfono no suene –se echó su brillante melena rojiza sobre el hombro y apoyó la mano en su esbelta cadera.

Pelirroja.

Ojos verdes.

Igual que Lauren…

El parecido le aguijoneó la conciencia.

Se había engañado a sí mismo al creer que podría olvidarse de Lauren seduciendo a la solitaria pelirroja en el bar. Lauren tenía el pelo ligeramente más oscuro y unas curvas menos pronunciadas que lo habían vuelto loco.

Dejó su copa en la barra y miró hacia la puerta. Tenía que averiguar más sobre lo ocurrido, pero no quería granjearse la antipatía de Celia. Era una mujer simpática y afable que se ocultaba tras una dura fachada para que la tomasen en serio en el trabajo. No se merecía que la utilizaran para sustituir a otra mujer.

–De verdad que lo siento, pero tengo que devolver la llamada.

Celia puso una mueca de confusión y se encogió de hombros.

–Claro... Nos veremos después –se despidió con la mano y se giró sobre tus tacones de aguja para dirigirse hacia Gavin, otro ejecutivo de la empresa.

Jason se abrió camino como pudo entre el mar de trajes, buscando una salida que le permitiera hacer las llamadas pertinentes y obtener respuestas, pero entonces surgió una mano entre la multitud de cuerpos y lo aferró por el hombro. Se giró y se encontró con los dos hermanos Maddox, los jefes de la empresa, el director general, Brock, y el vicepresidente, Flynn.

Este último congregó a los empleados que tenía más cerca y levantó su copa en un brindis.

–Por el hombre del momento, ¡Jason Reagert! Quien nos ha hecho ganar a Walter Prentice como cliente. Un motivo de orgullo para Maddox Communications.

–Por el chico de oro –añadió Asher Williams, el gerente.

–Por el número uno –dijo Gavin.

–El imparable –añadió Brock.

Jason consiguió esbozar una sonrisa que le permitiera guardar las apariencias. Acababa de mudarse a California cuando Walter Prentice, el dueño de la mayor empresa de ropa del país, rescindió el contrato con su anterior empresa publicitaria por transgredir sus particulares cláusulas morales. El ultraconservador Prentice era famoso por prescindir de los servicios de una empresa por los motivos más variopintos, desde enterarse de que un trabajador había estado en una playa nudista a descubrir que un ejecutivo estaba saliendo con dos mujeres a la vez. Jason miró a Celia mientras Brock mojaba una quesadilla en salsa de mango. Seguramente había vuelto a saltarse el almuerzo por su adicción al trabajo.

–Hoy he hablado con Prentice y no ha escatimado en halagos para ti. Fue una jugada muy astuta compartir con él esas historias de la guerra.

Jason cada vez estaba más impaciente por marcharse de allí. Su intención no había sido usar su experiencia militar como táctica para ganarse a Prentice, sino compartir con él unas vivencias personales al descubrir que el sobrino de Prentice también había servido en el ejército.

–Sólo mantuve una conversación cortés con el cliente.

Flynn volvió a levantar su copa.

–Eres un héroe. La forma en que tú y el equipo de los SEAL os ocupasteis de esos piratas fue... épica.

Jason había servido seis años en la Marina después de graduarse en la universidad. Había sido hombre rana especializado en la desactivación de explosivos. Como miembro del grupo de elite de los SEAL se había ocupado de unos cuantos piratas y había salvado algunas vidas, pero el mérito también era de sus compañeros.

–Sólo hacía mi trabajo, como cualquier otro.

Brock le dio un último bocado a su cena.

–Prentice te ha echado el ojo, y su influencia te hará llegar muy lejos siempre que no te metas en líos. El acuerdo con su marca de ropa no podría haber llegado en mejor momento, especialmente con Golden Gate Promotions vigilando todos nuestros pasos.

Golden Gate, el mayor rival de Maddox Communications, era una agencia de publicidad de gran renombre que aún seguía bajo la batuta de su fundador, Athos Koteas. Jason comprendía muy bien la amenaza que podría llegar a suponer, y no iba a permitir que nada ni nadie echara a perder la mejor oportunidad de su vida. El trabajo en Maddox Communications lo era todo para él.

El BlackBerry volvió a zumbar en su chaqueta. ¿Otro mensaje? ¿Le estarían enviando una foto de la ecografía? Se le formó un doloroso nudo en la garganta. Le gustaban los niños y quería tener los suyos propios, pero aún no.

Flynn se acercó a él.

–Fue un golpe maestro, el tuyo. Irrumpiste de lleno justo después de que despidieran a ese pobre imbécil.

Brock sonrió con sarcasmo.

–¿Pobre imbécil? Exhibicionista, más bien, paseándose por una playa como Dios lo trajo al mundo...

Las risas se elevaron del grupo. Jason se pasó el

dedo por el cuello de la camisa. Walter Prentice había desheredado a su nieta porque ésta se negó a casarse con el padre de su hijo. Prentice se regía por un solo lema: la familia lo era todo.

El trabajo era lo único que debería importarle. En Maddox Communications ya lo conocían como «el chico de oro», un título que le había costado mucho conseguir y que estaba dispuesto a conservar a toda costa. La clave era muy simple: trabajo y más trabajo.

En vez de unirse a la empresa publicitaria de su padre, había aceptado una beca del ejército para ir a la universidad. Tras seis años de servicio se había establecido por su cuenta en el mundo de la publicidad, pero mientras trabajaba en Nueva York seguía sintiendo la enorme influencia de su padre. No fue hasta que recibió la oferta de Maddox Communications en San Francisco cuando finalmente pudo escapar de la larga sombra paterna. Ahora, sólidamente asentado en la cima, no iba a permitir de ninguna manera que una tontería cometida cuatro meses antes echara a perder el éxito por el que tanto había luchado.

De repente, supo lo que debía hacer.

En cuanto acabara en aquel bar, tomaría un vuelo nocturno a Nueva York. A la mañana siguiente estaría en la puerta de Lauren Presley y se enfrentaría a la situación cara a cara. Si el bebé era suyo, a ella no le quedaría más remedio que irse a California con él.

De los rumores ya se encargaría cuando presentara a Lauren como su novia y prometida.

***

El viento helado de enero no invitaba a salir a la calle. Normalmente Lauren se habría quedado en su apartamento como todo el mundo, con unos gruesos calcetines de lana y ocupándose de sus plantas. Pero el frío la ayudaba a aliviar las náuseas, de modo que subió a la azotea para trabajar en el huerto comunitario que ella misma había plantado un par de años antes.

Se arrodilló para estirar el plástico sobre los maceteros del tejado mientras el ruido de los motores y cláxones anunciaba el despertar de la Gran Manzana. En invierno la ciudad era como un cuadro de Andrew Wyeth: una inexpresiva gama de matices blancos, negros, grises y pardos. El hormigón helado le congelaba las piernas a través de los vaqueros, junto a la brisa que soplaba desde East River. Lauren se arrebujó en su abrigo de lana y flexionó los entumecidos dedos en el interior de los guantes de jardinería.

Las sacudidas en el estómago no sólo se las producía el bebé.

Había recibido una llamada histérica de su amiga Stephanie, informándola de que su marido le había enviado a Jason una foto de la fiesta de Año Nuevo celebrada la semana anterior, donde se apreciaba claramente su embarazo.

Y ahora Jason estaba de camino a Nueva York.

Ni el frío ni el trabajo de jardinería bastaron en aquella ocasión para sofocar las náuseas. Todo su mundo se estaba desmoronando. Jason iba a pedirle explicaciones sobre ese bebé que nacería al cabo de cinco meses y del que ella no se había molestado en decirle nada. Y por si fuera poco, su negocio estaba al borde de la ruina.

Se apoyó contra la fuente de hormigón, donde el agua se había congelado en la base y los carámbanos colgaban desde la melena del león de piedra. La semana anterior había descubierto que su contable, Dave, había aprovechado su baja por enfermedad para robarle medio millón de dólares a la empresa. Lo descubrió cuando tuvo que contratar a un contable temporal para que sustituyera a Dave mientras estaba «de vacaciones», y ya nadie, y aun menos las autoridades, albergaba esperanzas de encontrarlo y recuperar el dinero.

Se frotó suavemente la curva del vientre. Era responsable de una vida y ni siquiera sabía cómo manejar la suya. ¿En qué clase de madre iba a convertirse? No era más que una pobre cobarde que se ocultaba de todo y de todos.

Las cosas habían cambiado mucho en los últimos meses. Echaba de menos los colores de la primavera y del verano, pero su ojo artístico aún podía apreciar la crudeza monocromática de un paisaje invernal.

La puerta de la azotea se abrió con un chirrido y una sombra alargada se proyectó sobre Lauren. Supo de quién se trataba incluso antes de girarse. Jason no había tardado en encontrarla, y de todos modos no tenía sentido postergar el inevitable enfrentamiento.

Miró por encima del hombro y se estremeció ante la imagen de Jason, cuya imponente presencia añadía el toque final al destemplado horizonte. El viento agitaba sus oscuros cabellos, ligeramente más largos de lo que ella recordaba, pero el resto de su esbelta figura permanecía completamente inmóvil, tanto por fuera como por dentro.

Volvió la vista al frente y metió las herramientas de jardinería en la bolsa.

–Hola, Jason.

Oyó sus pisadas acercándose, pero él no pronunció palabra.

–Supongo que el portero te habrá dicho que estaba aquí –balbuceó ella, moviendo frenéticamente las manos.

Él se arrodilló a su lado.

–Deberías tener más cuidado –le dijo él.

Ella se apartó ligeramente.

–Y tú no deberías ser tan sigiloso al acercarte a alguien.

–¿Y si no hubiera sido yo quien subiera aquí? Parecías estar en otro mundo.

–Vale, tienes razón. Estaba distraída –confesó.

Se había sumido completamente en sus divagaciones sobre la inminente llegada de Jason, sobre el bebé que estaba en camino y sobre la malversación de fondos de la que había sido víctima. Era demasiado para pretender que estaba lista para enfrentarse al mundo.

Podía oír la reprobación de sus padres y sus críticas por todo lo que hacía. Por todo, menos por estar con alguien como Jason. Era el tipo de hombre que su madre elegiría para ella: sangre azul, buen aspecto y una jugosa cuenta bancaria.

En realidad, cualquier madre estaría encantada de tener a Jason Reagert como yerno. Por desgracia, también era muy testarudo y autoritario, y ella había trabajado muy duro para conseguir una independencia a la que no estaba dispuesta a renunciar. Sería muy arriesgado iniciar una relación con él, y gracias a esa certeza había logrado ignorar durante los últimos meses la atracción que sentía hacia él.

Apretó la bolsa contra el pecho.

–¿Qué haces aquí? Podrías haberme llamado.

–También podrías haberme llamado tú –replicó él, mirándola de arriba abajo–. Anoche hablé con un amigo de Nueva York y me dijo que estabas trabajando desde casa porque no te sentías bien. ¿Qué te ocurre? ¿El bebé está bien?

Con aquella pregunta, natural y espontánea, todas las cartas quedaban sobre la mesa. Sin gritos ni discusiones, como había sido el caso de sus padres antes y después del divorcio. Aun así, a Lauren le temblaban tanto las piernas que apenas pudo ponerse en pie.

–Sólo son unos mareos por la mañana –dijo, metiéndose las manos en los bolsillos–. El médico dice que estoy bien, y en casa trabajo mucho mejor. Lo peor ha pasado ya.

–Me alegra saberlo.

Las náuseas la habían debilitado mucho durante dos meses, y confiarles el grueso del trabajo a sus colegas de la oficina había causado estragos en sus nervios. Pero, lamentablemente, no le había quedado otra opción.

–La semana pasada volví a trabajar a la oficina, a media jornada.

–¿De verdad estás preparada para volver al trabajo? –sus ojos se iluminaron con un brillo protector. Agarró una silla de hierro y se la acercó.

Lauren lo miró con recelo antes de sentarse.

–¿Qué sabes de este embarazo?

–¿Eso importa? –Jason se quitó la gabardina y se la echó sobre los hombros.

La tela estaba impregnada con el olor familiar de su loción de afeitado mezclado con el calor de su cuerpo. Era una tentación demasiado poderosa y Lauren se vio obligada a devolverle el abrigo. No podía afrontar más obstáculos en su vida.

–Supongo que no... Lo que importa es que lo sabes.

Él se acercó y le clavó una mirada tan intensa que le provocó un estremecimiento por todo el cuerpo, semejante al que la había llevado a quitarse las bragas cuatro meses antes.

Se obligó a apartar la mirada, recordando las sensaciones que la habían arrojado a sus brazos la primera vez.

–Gracias por creerme.

–Gracias a ti por contármelo... salvo que no lo has hecho –la voz de Jason empezaba a teñirse de enojo.

–Te lo habría acabado diciendo –le aseguró ella. Antes de que su hijo se graduara en la universidad, al menos–. Aún me faltan cinco meses para dar a luz.

–Quiero formar parte de la vida de mi hijo. Empezando desde este momento.

–¿Piensas mudarte de nuevo a Nueva York?

–No –se subió el cuello de la gabardina hasta las orejas. El bronceado de su rostro era la prueba de lo bien que se había adaptado al clima soleado de California–. ¿Sería posible mantener esta conversación en tu apartamento, donde podamos entrar en calor?

Una sospecha asaltó a Lauren.

–No vas a mudarte a Nueva York, pero quieres formar parte de la vida del bebé... No estarás esperando que me vaya a San Francisco, ¿verdad?

El silencio de Jason lo dijo todo.

–¡No voy a ir a ningún sitio contigo! –exclamó ella–. Ni a mi apartamento ni a California. ¿Crees que voy a dejar la vida que tengo aquí, la empresa en la que me he volcado en cuerpo y alma? –como si quedara alguna empresa por la que velar, pensó, pero se calló prudentemente.

–Eso es –afirmó él exhalando una bocanada de vaho–. Quiero que vengas a San Francisco y que estemos juntos por el bien de nuestro hijo. ¿Qué es más importante para ti, la empresa o el bebé?

Lauren quería decirle, gritarle, que había antepuesto la vida de su hijo al futuro de su empresa. Y que volvería a hacerlo sin la menor duda. Lo único que lamentaba era no haber ahorrado un poco de dinero para contratar a alguien de confianza que atendiera el negocio, y así no tener que angustiarse por un presupuesto extremadamente ajustado y por la incompetencia de los trabajadores temporales.

–Jason, ¿a qué viene tanta prisa? –le preguntó, dirigiendo contra él gran parte del miedo y la frustración por su trabajo–. Tenemos mucho tiempo por delante para hablar de esto. ¿Qué está pasando aquí?

La expresión de Jason se tornó tan fría e impenetrable como el león de piedra de la fuente.

–No sé de qué estás hablando.

–Tiene que haber una razón para esa repentina necesidad de llevarme contigo –el viento aullaba con más fuerza, ahogando el ruido del tráfico–. ¿A tu madre la abandonó algún indeseable? ¿Te hizo daño alguna mujer?

Jason soltó una carcajada y sacudió la cabeza.

–Tienes mucha imaginación. Pero te aseguro que no he sufrido ninguno de esos traumas.

Su risa era tan contagiosa que Lauren tuvo que concentrarse en el asunto que tenían entre manos.

–No me has respondido del todo.

–No he venido a discutir contigo –se acercó a ella y su olor a océano y sol embargó sus agudizados sentidos de embarazada.

El calor que desprendía su cuerpo suponía un delicioso contraste con el frío invernal. Lauren quería acurrucarse contra su pecho y sentir sus fuertes músculos rodeándola.

La tensión sexual siempre había prendido rápidamente cuando estaba cerca de Jason, y más ahora que sabía hasta dónde podían llegar. Levantó las manos entre ellos y se detuvo a tiempo de no tocarle el pecho. Ni siquiera se atrevía a tocarlo para apartarlo de su lado.

–Vas muy rápido para mí. Necesito más tiempo para pensar.

–Como quieras, pero mientras estés pensando, ten presente esto –se metió la mano en el bolsillo y sacó un estuche negro de terciopelo. La tapa crujió ligeramente al abrirla y revelar un anillo de platino con un diamante engarzado.

Capítulo Dos

Jason esperaba la respuesta de Lauren con el estuche de terciopelo en la mano. Le había costado encontrar una joyería donde lo atendieran después de cerrar, pero había conseguido el anillo a tiempo de tomar el vuelo nocturno.

La expresión de Lauren no invitaba a ser optimista, pero él estaba acostumbrado a superar todo tipo de dificultades. El viento agitaba las hojas secas a sus pies, ofreciendo una imagen muy distinta de la noche veraniega que habían pasado en la oficina de Lauren.

Alargó la mano con el anillo de compromiso. Sabía que estaba siendo impaciente, pero no había tiempo que perder.

–¿Y bien? ¿Cuál es tu respuesta?

–Espera un momento... –Lauren se apartó el pelo de la cara y respiró profundamente–. ¿Primero esperas de mí que me vaya a vivir a California y ahora me propones matrimonio?

–¿Te parece que esté bromeando? –preguntó él, levantando el estuche. El sol de la mañana se reflejaba en el diamante de tres quilates.

La bolsa de Lauren se deslizó por su hombro y cayó al suelo con un ruido sordo.

–¿De verdad piensas que voy a casarme contigo

sólo porque estoy embarazada? ¿Pero en qué época vives tú?

La intención de Jason no era casarse, sino establecer un compromiso que acallara cualquier rumor y que también resultaría beneficioso para Lauren. Pero no creía que a ella le hiciera mucha gracia oírlo.

–Si el matrimonio te parece muy precipitado, podríamos conformarnos con un compromiso de prueba.

–¿Un compromiso de prueba? Me parece que has perdido el juicio, y yo me estoy helando –se giró hacia la puerta–. En una cosa sí tienes razón, y es que deberíamos continuar esta conversación en mi apartamento.

Jason recogió la bolsa que ella había dejado caer, el único gesto que delataba su nerviosismo, y la siguió por las escaleras hasta la tercera planta. El edificio parecía seguro para estar en Nueva York, pero Jason no estaba tan convencido. ¿Dónde podría jugar allí un niño pequeño?

Había tenido mucho tiempo para pensar en el avión, y una cosa de la que estaba seguro era que no quería estar a miles de kilómetros de su hijo. Quería ser una parte activa e importante de su vida. Cierto era que trabajaba muy duro, pero bajo ningún concepto se convertiría en alguien como su padre, obsesionado porque su hijo fuera como él pero sin molestarse en pasar tiempo con él para conocerlo.

Tenía que convencer a Lauren para que se trasladara a California, y no sólo por salvar el contrato con Prentice. Se guardó el estuche en el bolsillo y esperó a que Lauren abriese la puerta de su casa.

El apartamento era pequeño, pero tan vivo y vibrante como ella. Estaba atestado de flores y cuadros, como un oasis de color en medio del invierno. El salón estaba pintado de amarillo, la cocina de verde, y por la puerta entreabierta del dormitorio se atisbaba una pared rosa. No era la primera vez que Jason visitaba el apartamento, pues en ocasiones había acompañado a sus ex colegas a tomar una copa en casa de Lauren. Pero nunca había visto el dormitorio de cerca.

Dejó la bolsa de Lauren en la mesa del vestíbulo y se limpió los zapatos en un felpudo antes de seguirla.

–Éramos buenos amigos y nos sentíamos atraídos el uno por el otro –le recordó él, señalándole el vientre–. ¿Puedes afirmar con toda sinceridad que nunca imaginaste un futuro en común?

–Nunca –respondió ella. Colgó el abrigo en un viejo perchero de madera y miró a Jason por encima del hombro–. ¿Podemos dejar el asunto del bebé para más tarde? Ahora tengo que irme a trabajar.

–Vaya... eres única para inflar el ego de un hombre –no parecía el momento más adecuado para recordarle cómo lo había echado a patadas de su oficina cuatro meses antes. Además, Lauren parecía estar muy cansada–. ¿De verdad estás bien?

Ella dudó un momento, antes de dirigirse hacia la cocina.

–Sí.

Jason observó sus movimientos mientras se servía un vaso de leche. Su melena rojiza le caía por la espalda, invitando a acariciarle los cabellos y comprobar si seguían siendo tan suaves como recordaba.

–Me estás ocultando algo.

–Te prometo que el bebé y yo estamos bien –levantó el vaso en un brindis, de espaldas a él.

Jason sabía que no estaba siendo del todo sincera con él, pero también sabía que no conseguiría sacarle nada por el momento. Lo mejor sería retirarse temporalmente y volver a la carga al cabo de unas horas. Como especialista en publicidad sabía esperar a que la oportunidad se presentara por sí sola.

Sacó el estuche del bolsillo y lo dejó sobre la pequeña encimera de la cocina.

–De momento quédatelo. No tenemos por qué tomar una decisión hoy mismo.

Ella miró el estuche como si contuviera una serpiente venenosa.

–No vamos a comprometernos, y mucho menos a casarnos.

–Muy bien –dijo él, empujando el estuche hasta dejarlo junto a un tarro de galletas con forma de manzana–. Guárdalo para nuestro hijo. Quizá algún día necesite un anillo para comprometerse con una chica.

Lauren se volvió hacia él y se apoyó en la encimera. Su camiseta con manchas de pintura le ceñía la protuberante barriga y los abultados pechos. Jason miró la prueba palpable de su embarazo. A unos centímetros de él estaba gestándose una vida que llevaría sus mismos genes. Apenas había tenido tiempo para asimilar la idea de ser padre, pero ahora se moría por tocar a Lauren, por explorar los cambios que había experimentado su cuerpo, por… sentir las pataditas del bebé.

–¿Quieres que sea niño? Parece que todos los hombres quieren que su primer hijo sea varón.

–¿Eso quería tu padre? –le preguntó Jason, pensando en los deseos de su propio padre por tener un hijo que copiara todos sus movimientos y opiniones.

El rostro de Lauren se ensombreció.

–Esto no tiene nada que ver con mi padre.

–De acuerdo –no pudo resistir la tentación y le acarició brevemente los cabellos, retirando la mano antes de que protestara–. Sigues tan bonita como siempre, pero pareces cansada, y me has dicho que tenías que irte a trabajar… –le dio un rápido beso en la frente y se dirigió hacia la puerta–. Adiós, Lauren. Hablaremos más tarde.

Salió al rellano con la cara de Lauren grabada en su memoria. Su expresión confusa alimentaba la decisión de retirarse por el momento. Lauren tenía dudas, y él podía aprovecharlas.

Su primera reacción había sido negarse, pero Jason estaba convencido de que acabaría convenciéndola. El domingo por la noche, cuando se subiera al avión de regreso a California, ella y su hijo irían con él.

***

Lauren empujó la puerta acristalada de las oficinas del cuarto piso que albergaban su empresa de diseño gráfico. El local constaba tan sólo de una sala común con varias mesas, un mostrador de recepción junto a la puerta y su propio despacho al fondo, donde ella y Jason habían concebido al bebé.

Pero las náuseas que sentía en aquellos momentos nada tenían que ver con el embarazo. El estómago no dejaba de darle vueltas, como un torbellino pictórico de Jackson Pollock. El estuche de terciopelo le pesaba como una tonelada en el bolso... hecho a partir de un viejo jersey que encontró en una tienda de segunda mano. Había llevado el anillo a la oficina con intención de llamar a Jason, quedar para comer y devolverle la joya. Un anillo de compromiso... ¿Podía haber algo mas absurdo? Ella ya tenía bastantes problemas, intentando salvar su empresa de la bancarrota.

Franco, su secretario, le entregó un montón de papeles.

–Sus mensajes, señorita Presley.

–Gracias, Franco –respondió ella con una sonrisa forzada mientras hojeaba los mensajes. Las llamadas de clientes potenciales se mezclaban con los números de teléfono de los acreedores.

Franco se levantó y se alisó la corbata de los New York Giants.

–Antes de que entre en su despacho...

–¿Sí? –preguntó ella al tiempo que abría la puerta. Un olor a flores salió del despacho.

Franco se encogió de hombros y se echó hacia atrás.

–Las han traído antes de que usted llegara. Y…

Lauren no oyó el resto, porque al girarse de nuevo hacia el despacho se encontró con cinco jarrones de flores blancas con cintas rosas y azules. Y en la esquina de su mesa había una garrafa de zumo y una cesta con magdalenas.

Se volvió hacia Franco para escuchar lo que le estaba diciendo, y entonces vio a Jason junto al mostrador, observándola con sus sensuales ojos oscuros. ¿Cómo no se había percatado de su presencia al entrar? ¿Y por qué Franco no la había avisado de…? Bueno, en realidad sí había intentado avisarla, pero ella no había prestado atención.

Le hizo un gesto con la cabeza a Jason para que entrara en su despacho.

–Pasa. A lo mejor te apetece comer conmigo.

Él se apartó de la pared, muy despacio, como un depredador avanzando hacia su presa. Franco, el nuevo contable y las dos becarias de la Universidad de Nueva York observaban la escena sin disimular la curiosidad.

Jason le rodeó la cintura con un brazo.

–Quería asegurarme de que la madre de mi hijo estuviera contenta y bien alimentada.

Ella se puso rígida al recibir su tacto. ¿Cómo se podía ser tan pretencioso para anunciar su relación al mundo? Bueno, tal vez al mundo no, pero sí a sus empleados y a tres clientes que esperaban a ser atendidos.

–Tanto el bebé como yo estamos bien, gracias –le puso una mano en la espalda y lo empujó con fuerza–. ¿Podemos hablar en mi despacho, por favor?

–Por supuesto, cariño –respondió él con una sonrisa tan encantadora que a las dos becarias se les escapó una risita.

Lauren cerró la puerta para encerrarse con Jason en el despacho, a solas con el sofá turquesa y los recuerdos.

Rápidamente subió las persianas metálicas, pero ni siquiera la luz del sol consiguió calmarla.

–¿Te importaría decirme a qué demonios viene todo esto?

–Sólo quiero que la gente sepa que me preocupo por ti y por nuestro hijo –agarró una gran magdalena de arándanos–. ¿No tienes hambre?

–Ya he desayunado. ¿No crees que deberías haberte molestado en comprobar si mis trabajadores sabían lo del bebé?

–Claro que lo saben. Has estado de baja…

–Cierto, pero los clientes que esperan ahí fuera no tenían ni idea, y ahora se enterará todo el mundo.

–Tienes razón, y lo siento –le acercó la suculenta magdalena, tentándola con su aroma–. Están recién hechas… He visto como las sacaban del horno.

Con gusto Lauren le habría dicho dónde podía meterse las magdalenas, pero la apetitosa imagen de los arándanos y de la capa crujiente de azúcar le estaba haciendo la boca agua. Por mucho que quisiera a su bebé, a veces lamentaba el control que ejercían las hormonas sobre su cuerpo. No sólo le abrían el apetito, sino que también le llenaban los ojos de lágrimas por el bonito detalle que había tenido Jason con la comida y las flores. Era la clase de atenciones que unos padres primerizos tenían entre ellos, algo de lo que ella había carecido en los primeros meses de su embarazado. Y de lo que seguramente carecería en los meses, y años, siguientes.

Pero por ahora, sólo quería comerse una magdalena.

Se acercó a Jason hasta que sus pies se rozaron. Se sorbió las lágrimas y se deleitó con el olor de la magdalena, de las flores y de Jason. Él desgajó un trozo y se lo puso en los labios, y ella abrió la boca antes de pensar en lo que estaba haciendo, igual que había hecho en el sofá cuatro meses atrás.

¿Qué tenía aquel hombre que la hacía actuar sin pensar? Ella no era una mujer alocada e impulsiva como su madre. Todo lo contrario. Siempre ejercía un férreo control sobre sus emociones... salvo el lapsus que había tenido con Jason.

Aceptó el bocado y todos sus sentidos explotaron de placer cuando el bizcocho se derritió en su lengua. Jason le acarició el labio inferior con el pulgar, liberando una oleada de deseo que le endureció los pezones bajo el vestido marrón. Lauren se puso de puntillas sobre sus zapatos naranjas hasta quedar a un suspiro de la boca de Jason...

Y entonces alguien llamó a la puerta del despacho.

–¿Qué pasa? –preguntó ella con voz jadeante e impaciente. Ninguno de los dos se movió. Los ojos marrones de Jason despedían llamas abrasadoras.

Los golpes continuaron, más insistentes. Lauren carraspeó y volvió a hablar.

–¿Sí? –preguntó al tiempo que daba un paso hacia atrás, no del todo segura de a quién se estaba dirigiendo–. ¿Qué ocurre?

Jason sonrió maliciosamente mientras Lauren le abría la puerta a la contable que había contratado para intentar resolver la caótica situación financiera de la empresa. Tenía que hablar urgentemente con ella, pero no quería que Jason se enterara.

–Enseguida estoy contigo –le dijo en voz baja.

La contable, una mujer de avanzada edad pero muy despierta y dinámica, apretaba los informes contra el pecho, y su mirada sagaz dejaba muy claro que advertía todo cuanto sucediera a su alrededor.

–Claro, claro... Quería repasar contigo las cuentas y la lista de los acreedores más apremiantes.

–Sí, por supuesto –miró a Jason, hecha un manojo de nervios. Necesitaba que se largara de allí cuanto antes–. Jason, hablaremos esta noche, después del trabajo.

–¿Acreedores? –preguntó él con el ceño fruncido.

–No es asunto tuyo –declaró ella, evitando la pregunta.

El pecho de Jason se infló en un gesto posesivo.

–Eres la madre de mi hijo. Eso significa que tus problemas son también los míos.

Lauren se volvió hacia la contable.

–Estaré contigo en cinco minutos –le dijo, antes de cerrar y apoyarse de espaldas contra la puerta.

La preocupación que reflejaban los ojos de Jason parecía tan sincera que la pilló desprevenida.

Llevaba tanto tiempo a la defensiva que había olvidado lo atento que podía ser. En los años que habían sido amigos lo había visto prestar su apoyo a hombres despedidos injustificadamente, a mujeres acosadas por ex novios celosos, incluso al dueño de una empresa que tenía que hacer frente a unas facturas exorbitantes para que su hijo recibiera atención médica.

Jason Reagert podía ser arrogante y autoritario, pero tenía buen corazón.

–Pronto será de dominio público, así que más te vale saberlo ahora. Mi anterior contable malversó medio millón de dólares a la empresa.

Jason arqueó las cejas.

–¿Cuándo?

–Mientras yo trabajaba desde casa –se apartó de la puerta y se dejó caer en el sofá. De repente volvía a sentirse agotada–. Tenía algunas sospechas sobre Dave y pensaba despedirlo, pero entonces caí enferma y pasé una semana en el hospital por deshidratación. Me sentí muy aliviada cuando él mismo presentó su dimisión, e incluso le pagué dos semanas de vacaciones. Tres días después contraté a la nueva contable. Debería haberla contratado mucho tiempo antes, pero intentaba ahorrar el máximo de dinero posible –se encogió de hombros–. Supongo que yo misma me lo busqué.

Él se sentó a su lado, sin tocarla.

–Lo siento mucho.

–Yo también.

–No me extraña que estuvieras tan disgustada esta mañana –juntó las manos entre las rodillas y su Rolex destelló a la luz que entraba por la ventana–. No necesitas este tipo de preocupaciones, y menos estando embarazada. Déjame que te ayude.

–Espera, espera... Puede que tenga problemas, pero puedo arreglármelas yo sola.

–No hay nada malo en aceptar ayuda –insistió él. Alargó el brazo sobre el respaldo del sofá y la envolvió con su olor–. De hecho, por eso he venido. Necesito tu ayuda.

–¿Para qué? –preguntó ella con cautela. ¿Aquél era el mismo Jason que ofrecía su ayuda altruista a todo el mundo?

¿O era el tiburón de la publicidad que conseguía acuerdos millonarios haciendo creer a la gente todo lo que decía?

–Soy nuevo en Maddox Communications y corren tiempos difíciles... Ningún empleo está garantizado al cien por cien –sus ojos marrones brillaban de sinceridad.

–Entiendo.

–No sé cuánto sabes de Maddox...

–Sé que es una empresa familiar –nunca había trabajado para ellos, pero había oído que tenían clientes muy importantes–. La llevan dos hermanos, ¿verdad?

–Así es. Brock Maddox es el director general y Flynn, el vicepresidente. Lo único que se interpone entre ellos y la hegemonía empresarial en la Costa Oeste es Golden Gate Promotions.

–También es una empresa publicitaria familiar –dijo ella, relajándose en el sofá. Se sentía más cómoda hablando de trabajo–. La dirige Athos Koteas. No he trabajado con él, pero tengo entendido que es un empresario temible y despiadado.

–Y terriblemente próspero –añadió él. El brazo que reposaba en el sofá emitía un calor tan intenso que a Lauren le provocaba un hormigueo en la nuca–. Es un inmigrante griego que se valió de sus muchos contactos en Europa para darle un impulso a su empresa en estos tiempos de crisis. Ahora intenta robarnos nuestra clientela –frunció el ceño con irritación–. Ha difundido falsos rumores sobre Maddox Communications para minar la confianza de los clientes, y les está provocando serios disgustos a mis jefes.

–¿Te arrepientes de haberte ido a California?

–En absoluto. Las cosas están mejorando, afortunadamente. He conseguido algunos clientes nuevos, entre ellos alguien muy importante. El problema es que se trata de un hombre muy conservador. Seguramente hayas oído hablar de él… Walter Prentice.

Lauren lo miró boquiabierta.

–Enhorabuena, Jason… Eso sí que ha sido una proeza.

–El lema de Prentice es «la familia lo es todo». Hace poco despidió a su publicista por ir a una playa nudista –sacudió la cabeza y retiró el brazo–. Y a su nieta la desheredó por no casarse con el padre de su hijo.

Lauren volvió a mirarlo con suspicacia. ¿Le estaba insinuando que…?

–No creerás que van a despedirte porque dejaste embarazada a tu ex novia, ¿verdad? –en realidad nunca había sido su novia, pero aun así le parecía una idea disparatada–. ¿Me estás tomando el pelo o qué?

–Te estoy hablando completamente en serio. Prentice nos ha contratado para una campaña publicitaria millonaria. Es quien paga y puede elegir a quien le dé la gana.

Lauren observó el estuche que contenía el anillo. No había sido una proposición muy romántica, la verdad. Él quería conservar su trabajo y por eso le proponía matrimonio. Nada más.

–Eres muy ambicioso…

–¿Acaso tú no? –se inclinó hacia ella, mirándola fijamente–. Tú y yo somos muy parecidos. Los dos queremos demostrarles a nuestras familias que podemos salir adelante sin su ayuda. Por eso te propongo que trabajemos juntos por el bien de nuestro hijo.

–¡No metas a mis padres en esto! –exclamó ella, dolida a su pesar. Con Jason nunca había hablado de sentimientos personales, pero a veces le gustaría ser menos sensible. Menos parecida a su madre.

–De acuerdo –concedió él–. Olvidémonos de nuestros padres y centrémonos en nuestro hijo. Para asegurar su futuro necesito que te comprometas temporalmente conmigo, al menos hasta que haya rematado el acuerdo con Prentice. Te daré el dinero necesario para mantener tu empresa hasta que puedas volver a trabajar.

Lauren se puso en pie de un salto y comenzó a caminar de un lado para otro.

–No necesito tu dinero. Lo único que necesito es tiempo.

–Puedes considerarlo un préstamo, si eso hace que te sientas mejor. Medio millón de dólares, ¿no?

Lauren enganchó los dedos en la correa del bolso. El peso del estuche en el interior y la oferta económica de Jason la hacían sentirse terriblemente incómoda.

–¿Sabes lo que de verdad me haría sentir mejor?

–Dímelo y lo tendrás –le prometió él, acercándose sigilosamente por detrás.

Ella se giró para mirarlo.

–Que agarraras tu dinero y…

–Está bien, está bien. Me hago una idea. Es evidente que no quieres salvar tu empresa.

Lauren metió la mano en el bolso y sacó el estuche.

–No quiero tus limosnas.

Jason juntó las manos a la espalda.

–Te estoy ofreciendo un trato.

–¿Cómo estás tan seguro de que tu cliente sabrá que el niño es tuyo? –le preguntó ella, tendiéndole el anillo–. No tenemos por qué decírselo a nadie.

–No pienso negar la existencia de mi hijo –declaró él–. Puede que sea ambicioso, pero incluso yo tengo mis límites.

Ella apretó el dorso de la muñeca contra la frente, sin soltar el estuche.

–Todo esto es demasiado. No sé si…

Jason le puso las manos en los hombros y se los masajeó suavemente.

–Tranquila... De momento nos ocuparemos de lo más apremiante, que es hacer planes para el bebé. Te recogeré después del trabajo.

Lauren intentó no perder la cabeza con sus caricias. Había estado tan tensa y asustada que tenía todo el cuerpo agarrotado.

–¿Crees que por una vez podrías preguntar en vez de ordenar?

Él bajó las manos por sus brazos, le quitó el estuche y lo dejó en la mesa. A continuación, entrelazó los dedos con los suyos. Era el primer contacto que compartían desde que hicieron el amor en aquella misma oficina.

–¿Te gustaría cenar conmigo después del trabajo?

–Para hablar del bebé.

Él asintió. Seguía agarrándola por los brazos, pero su tacto no era intimidatorio ni agresivo.

Lauren sabía que no debería aceptar la invitación, pero realmente tenían que hablar del bebé.

–Recógeme en mi casa a las siete.

Mientras lo veía salir de la oficina, se preguntó si había cometido un error mayor que el diamante engarzado en el anillo.

Capítulo Tres

Con el teléfono sujeto entre la oreja y el hombro, Lauren se apoyó en un pie para ponerse la bota de color púrpura.

–Hola, mamá –dijo mientras se dejaba caer en el borde de la cama–. ¿Qué tal estás?

–Lauren, cariño, te he estado llamando al trabajo, a tu casa y a tu móvil y nunca me respondías –se quejó su madre a cientos de kilómetros. Su insípido acento de Nueva Inglaterra era más pronunciado que de costumbre, señal de que estaba alterada–. Empiezo a pensar que me estás evitando.

–¿Por qué iba a hacerlo?

Habían hablado dos días antes, y desde entonces había recibido treinta y siete mensajes de su madre. Lauren ya tenía demasiados problemas como para aguantar los ciclos depresivos de Jacqueline Presley en un día normal.

Claro que aquellos días no estaban siendo muy normales.

–No sé lo que haces, Lauren. Últimamente no sé nada de ti –hizo una pausa, quizá para tomar aire, o quizá para reordenar sus pensamientos–. ¿Has hablado con tu padre?

Horror. Tenía que alejarse cuanto antes de aquella bomba de relojería.

–No, mamá. No le he dedicado más tiempo a él del que te dedico a ti.

–¿Por qué te pones tan insolente? A veces me recuerdas a la hermana de tu padre, que acabó sola y gorda.

Genial. Justo lo que necesitaba oír. Su madre estaba tan obsesionada con las curvas de su hija que a los diez años Lauren ya había aprendido el significado del término «rubenesco».

–No pretendía ofenderte, mamá –se subió la cremallera de las botas y miró el reloj. Jason llamaría a la puerta de un momento a otro. Había acabado muy tarde de trabajar y apenas había tenido tiempo para ponerse unos pantalones negros y un jersey holgado. Al arrojar el bolso a la cama se había salido el estuche del anillo–. Hay muchos problemas en la oficina.

–No tienes por qué trabajar como una esclava para demostrarme nada –se oyó un tintineo al otro lado de la línea y Lauren se imaginó a su madre jugueteando con la cadena de sus gafas tachonadas de joyas–. Puedo decirle a tu padre que te adelante parte de tu herencia, o podrías haber invertido mejor el dinero de la tía Eliza y haberte comprado un bonito piso donde dedicarte al arte de verdad...

A Lauren se le formó un nudo en el pecho, como siempre que hablaba con su madre.

–Podrías haber sido tan buena artista como yo, Lauren, si te hubieras aplicado un poco más.

Lauren aferró con fuerza el edredón adamascado. La desastrosa situación económica de la empresa sólo serviría para añadir leña a las críticas de su madre.

–Mamá…

–La semana que viene iré a Nueva York –la interrumpió Jacqueline–. Podríamos comer juntas.

Lauren se estremeció de horror. Cuando su madre empezaba a criticar todo lo que ella no hacía bien en la vida, siempre acababa con una lista de jóvenes solteros a los que había conocido. Cuando descubriera su embarazo se llevaría el disgusto de su vida.

–Mamá, me ha alegrado hablar contigo –se levantó y se estiró el jersey sobre las caderas–. Pero ahora tengo que irme.

–¿Tienes algún plan?

Si no lo tuviera, su madre seguiría hablando sin parar. Así que más valía decirle la verdad.

–He quedado para cenar con un socio del trabajo… Pero no es una cita –se apresuró a añadir.

–Pues en ese caso, ponte lo más guapa posible y recuerda que el rosa no te favorece –dicho eso, colgó sin despedirse.

Lauren soltó un grito de frustración y apretó el botón del teléfono con tanta fuerza que se rompió la uña. Arrojó el aparato a la cama y empezó a andar por la habitación mientras agitaba frenéticamente las manos. Después de tantos años ya debería estar acostumbrada a la irritación que le provocaba su madre y, en realidad, esa última conversación no había sido tan traumática. Pero cuando oía el parloteo de su madre se echaba a temblar. Bastaría un pequeño empujón para provocarle a Jacqueline otra crisis nerviosa. Y desde que su madre había renunciado a la medicación y la terapia, su inestabilidad emocional era cada vez más grave.

Descubrir que su hija estaba embarazada sería algo más que un pequeño empujón. A lo que había que añadir el desfalco de su ex contable. La reacción de su madre era imprevisible, pero lo que estaba claro era que no se tomaría las noticias con serenidad.

Al pasar junto al helecho bajo la ventana arrancó una hoja seca. ¿Cómo sería tener una madre en la que se pudiera confiar? Se llevó la mano al vientre y pensó que haría lo que hiciera falta para que su hijo se sintiera querido y seguro.

Giró la maceta para que la otra cara del helecho recibiera la luz del sol. Ojalá tuviera un poco de tiempo para ella sola y así poder recuperarse y reordenar sus pensamientos...

El estuche atrajo su mirada desde la cama como si fuera un imán.

La oferta de Jason seguía dándole vueltas en la cabeza. Un compromiso temporal... Resultaba muy tentador. Y peligroso. ¿Podría arriesgarse a pasar una larga temporada en California... con él?

Aunque visto de otro modo, ¿podía permitirse no hacerlo, cuando su vida en Nueva York iba cuesta abajo y sin freno?

Jason conducía el coche alquilado por una carretera secundaria hacia un pequeño y pintoresco pueblo a cuarenta minutos de la ciudad. Lauren iba sentada a su lado, con la cabeza hacia atrás, el ridículo bolso en el regazo, contra la suave curva de su estómago.

Finalmente podía estar a solas con Lauren, y tenía que aprovechar ese tiempo al máximo. Como si se tratara de conseguir un acuerdo comercial con un cliente.

Sí, abordar la situación desde un punto de vista analítico era mucho más fácil que hacerlo emocionalmente. Cuanto más pensaba en el sinvergüenza que había robado a la empresa de Lauren más le hervía la sangre. Ella no se merecía lo que le había pasado. Tenía un talento extraordinario, como él había comprobado desde que se conocieron.

Cerró con fuerza los dedos en torno a la palanca de cambios. Sentía la imperiosa necesidad de pasar a la acción, de protegerla, de hacer todo cuanto estuviera en su mano. No había vuelto a sentir un impulso tan fuerte desde que estaba en la Marina.

Convencer a Lauren sería mucho más sencillo si estuviera despierta, pero se había quedado dormida incluso antes de salir de la ciudad. Si no se despertaba al llegar a su destino, estaría dando vueltas a la manzana hasta que ella abriera los ojos o se quedaran sin gasolina. Lauren necesitaba dormir, y sería más fácil hablar con ella si estaba despejada.

Las farolas antiguas iluminaban los bordes de la carretera, dejando en penumbra las tiendas y almacenes. Los copos de nieve se arremolinaban ante los faros del coche y de vez en cuando pasaba un vehículo en sentido contrario.

El teléfono móvil de Lauren rompió el silencio que reinaba en el interior del coche, emitiendo una suave melodía desde el fondo de su bolso. Estaba demasiado hondo para que él intentara sacarlo con una mano.

Ella se removió, abrió los ojos como platos y parpadeó rápidamente. Agarró el bolso y sacó el móvil justo cuando dejaba de sonar. Se quedó mirando el aparato con el ceño fruncido.

Jason bajó el volumen de la radio.

–¿Vas a devolver la llamada?

Ella negó con la cabeza y volvió a meter el móvil en el bolso.

–No, no es necesario. Puedo llamar después.

–Entiendo que tengas compromisos laborales –dijo Jason.

–No se trata del trabajo –contestó ella, manoseando nerviosamente el asa del bolso–. Es mi madre. Siempre me está llamando.

Por cómo lo dijo no parecía que le hicieran mucha ilusión esas llamadas. Pero al menos hablaba con su madre. Él no había vuelto a hablar con sus padres desde que su padre lo desheredó, acusándolo de romperle el corazón a su madre al rechazar todo lo que habían hecho por él.

No quería pensar en ello. Quería concentrarse en Lauren y en nada más.

–¿Qué dijo tu familia sobre el bebé?

Ella dejó el bolso en el suelo.

–Todavía no se lo he dicho.

–¿Tu madre te llama pero no viene a verte?

–Hace un mes que no nos vemos.

–No tardarán en descubrirlo. Yo me enteré enseguida, viviendo al otro lado del país. Te acompañaré cuando vayas a decírselo.

Ella se echó a reír.

–¿Quién te ha dicho que estés invitado? Además, están divorciados.

Jason levantó el pie del acelerador al aproximarse a una curva, muy por debajo del límite de velocidad. No podía correr el menor riesgo, llevando una carga tan preciada a bordo.

–Creía que íbamos a llevarnos bien por el bebé.

–Lo siento –se cruzó de brazos y miró por la ventanilla. Los árboles abundaban en los suburbios, llenos de vallas blancas y casas de ladrillo–. Estoy preocupada por el trabajo y lo pago contigo.

Jason quiso recordarle que él podía solucionar sus problemas laborales en un abrir y cerrar de ojos, pero decidió no tentar su suerte y probar otra táctica.

–No pensarás mantener en secreto que yo soy el padre, ¿verdad? Tus padres acabarán descubriéndolo. Y sería mejor que lo supieran cuanto antes, para que luego no se lleven un disgusto mayor. Se lo diremos los dos juntos, los pillaremos desprevenidos y saldremos huyendo antes de que se hayan recuperado de la sorpresa.

–El plan es bueno, salvo por un pequeño detalle: es prácticamente imposible juntar a mis padres en la misma habitación. Y en cuanto uno de ellos lo descubra, empezará a despotricar y echarle las culpas al otro –sacudió tristemente la cabeza y cruzó y descruzó los pies. Sus botas moradas atrajeron momentáneamente la atención de Jason–. No quiero pasar por ello si puedo evitarlo.

Jason no recordaba que le hubiera contado mucho sobre sus padres. Principalmente habían hablado de trabajo y de la vida nocturna de Nueva York. Él siempre se había sentido atraído por Lauren, pero nunca parecía ser el momento adecuado para manifestarlo. Primero fue ella quien estaba saliendo con otra persona, y luego fue él, aunque ya ni siquiera se acordaba de con quién.

–Parece que has sufrido mucho con la separación de tus padres.

–En el pasado, tal vez –admitió ella. Sus ojos verdes destellaban al recibir las luces del salpicadero–. Pero ya no les permito que tengan el menor poder para afectarme.

–¿Estás segura? –insistió él, mirando el bolso–. Que ellos tuvieran una relación tormentosa no significa que nos vaya a pasar lo mismo a nosotros.

El brillo de los ojos de Lauren se tornó más frío que la nieve que seguía cayendo en el exterior.

–Y que tú hayas estado dentro de mi cuerpo no significa que tengas derecho a meterte en mi cabeza.

–Tienes razón –dijo él.

Le gustaban las agallas que demostraba tener Lauren. Al igual que otras muchas cosas de ella. Su ingenio, su ambición, incluso su obsesión por llenar su apartamento con flores y plantas. Y sobre todo, cómo se le encendía el rostro cuando él menos se lo esperaba.

–¿Que tengo razón, dices? ¿Me estás hablando

en serio? –lo miró con una deliciosa expresión de sorpresa en sus exquisitos labios.

Jason tuvo que hacer un gran esfuerzo para contenerse. No era fácil, teniendo la cabeza llena de imágenes eróticas.

–Completamente. Te estoy escuchando –afirmó. Y era cierto. Quería escucharla con atención, pues los detalles eran muy importantes cuando había tanto en juego.

Aminoró la velocidad al aproximarse a su destino y ella lo miró con ojos entornados.

–He visto cómo trabajas... Nunca renuncias a tu objetivo, únicamente cambias de táctica. ¿Recuerdas cuando quisiste incluir el dibujo que hice de un velero en la campaña publicitaria de una colonia, a pesar de que el cliente estaba empeñado en la imagen de un vaquero?

Aquel velero acabó estampado en los frascos de colonia para hombre por todo el mundo, quedando el boceto original en su poder. Pero se estaban desviando del tema.

–Esto es más importante que el trabajo. Quiero que estés tranquila y feliz –y ya puestos a ser sinceros, podía añadir algo más–: Y además... te deseo. Antes eras hermosa, pero ahora estás impresionante.

–Tranquilízate, Romeo –le dijo ella, sonriendo, mientras él conducía hasta un pequeño restaurante–. Ya conseguiste acostarte conmigo...

–De eso hace mucho tiempo –sólo habían pasado cuatro meses, pero para él habían sido una eternidad ya que no había podido olvidarla. Ni siquiera había sido capaz de pedirle una cita a otra mujer. Lo máximo había sido invitar a una copa a una compañera de trabajo. Una copa, por amor de Dios...

Lauren volvió a sacar el móvil y pulsó el teclado numérico.

–¿Tu madre otra vez? –le preguntó él, dominando su irritación.

–No. Estoy comprobando el historial de llamadas –hizo un mohín con los labios–. Mmm... cuatro meses y ni una sola llamada tuya. No parece que hayas estado muy loco por mí.

¿Le había molestado que no la hubiera llamado? Jason había estado a punto de hacerlo, pero se lo pensó mejor al recordar cómo lo había echado a patadas después de hacer el amor. Tal vez hubiera malinterpretado su reacción. Por mucho que se enorgullecía de calar a las personas, en aquella ocasión no le importaría haberse equivocado.

Tal vez Lauren quería repetir la experiencia. Él sí quería, desde luego. No había dejado de desearla en ningún momento. Su fragancia floral impregnaba el interior del coche, y las suaves curvas de su cuerpo lo invitaban a buscar un lugar más íntimo para dar rienda suelta a los deseos contenidos. El embarazo complicaba las cosas, desde luego, pero quizá el sexo pudiera simplificarlas.

–Dejaste muy claro que no había futuro para nosotros.

–Mi opinión no ha cambiado.

–Todo ha cambiado –replicó él. El cuero del asiento crujió al girarse e inclinarse hacia ella.

Vio como las pupilas de Lauren se dilataban y que se balanceaba tímidamente hacia él. Pero aun así esperó y se tomó su tiempo para aspirar su exquisito olor. Deslizó un brazo sobre el respaldo del asiento y le puso la mano en el hombro para absorber su tacto y calor. Las curvas de Lauren encajaban a la perfección en el hueco de su brazo, pero se obligó a apartarse.

–Este embarazo establece nuevas prioridades. Cuanto antes lo aceptes, antes podremos pasar a lo bueno.

Ella se echó hacia atrás con un suspiro de frustración, pero Jason se mantuvo firme en su decisión. No iba a cometer el mismo error dos veces. Si existía la menor posibilidad de que ella también quisiera reanudar la relación sexual, él no iba a echarlo todo a perder por culpa de las prisas o las dudas. Era hora de empezar a hacer las cosas bien.

–Seguiremos hablando de esto después de la cena –dijo mientras se subía el cuello del abrigo–. Tengo una sorpresa para ti.

Estaba seguro de que a Lauren le encantaría el restaurante, pero tendría que confiar en sus dotes de persuasión para traspasar la inescrutable fachada de aquella mujer.

Las apuestas estaban demasiado altas como para considerar la posibilidad de un fracaso.

¿Qué demonios le había pasado?, se preguntaba Lauren mientras subía los escalones de su apartamento.

La cena con Jason había sido increíble. El restaurante rústico, propiedad de una familia italiana, estaba lleno de plantas y constaba de un patio que recordaba a un viñedo. La había conmovido el detalle. Jason se había percatado de su pasión por las plantas e intentaba complacerla.

Mientras subía, sentía su presencia tras ella. Pues claro que intentaba complacerla... Quería salirse con la suya, igual que siempre. Jason Reagert era el hombre más ambicioso y motivado que conocía. En el mundo de la publicidad todos sabían que nada podía detenerlo cuando se marcaba un objetivo, un rasgo que ella había encontrado admirable cuando eran compañeros de trabajo.

Pero en lo que se refería a su objetivo ya no estaba tan segura. La velada había sido deliciosa, pero de alguna manera le hacía desear que fuera real.

No, no estaba preparada para llegar tan lejos. El anillo seguiría en su bolso un poco más.

Miró por encima del hombro al tiempo que un coche pasaba por la calle.

–Gracias por la cena. Has conseguido que deje de pensar en el trabajo durante un par de horas.

Los negros cabellos de Jason relucían bajo la luz de las farolas.

–Tienes que alimentarte bien. Me alegra haber sido de utilidad.

Lauren metió la llave en la cerradura.

–¿No vas a usar mi comentario para insistir en ese compromiso de conveniencia?

–Ya sabes lo que pienso. ¿Qué más se puede decir? –la siguió al vestíbulo del edificio, como si no tuviera ninguna prisa por despedirse–. Antes de que me eches, tengo que asegurarme de que llegas sana y salva a tu apartamento.

–¿Sana y salva? –preguntó ella. En el pasillo resonaban las voces de una pareja y de la anciana del segundo A que llamaba a su perro. ¿Qué peligro iba a correr allí?

–Alguien tiene que protegerte de ese animal –dijo él con una sonrisa. La sombra de una barba incipiente le confería un aire de chico malo, así como el brillo de sus ojos.

Ella puso una mueca y empezó a subir la escalera, intentando no pensar en cómo le sentarían los tres largos tramos de escalones cuando estuviera en el noveno mes de embarazo.

Jason la siguió, haciendo crujir los escalones de madera bajo su peso.

–No te estoy pidiendo un café ni nada. Aunque si me invitas, te llevaré en brazos y te haré pasar una noche que jamás olvidarás.

–Había olvidado lo persuasivo que puedes llegar a ser.

–Yo, en cambio, no había olvidado lo bien que hueles –dijo él–. ¿Te he dicho alguna vez lo mucho que me gusta tu olor a flores? –bajó la cabeza–. Si te llevé a ese restaurante fue por mí tanto como por ti.

–La cena estuvo muy bien, y te agradezco que eligieras un lugar tan bonito, pero no me gusta que me manipulen. Y admito que tú me desconciertas más que nadie.

Los ojos de Jason se rodearon de arrugas al sonreír.

–A veces me olvido de que los dos trabajamos en lo mismo.

–Sólo te pido que seas sincero conmigo.

–Ya lo soy.

¿Podría ella creerlo? Se apoyó de espaldas en la puerta y escudriñó sus ojos en busca de sus pensamientos. Lo que encontró en ellos fue… pasión. No se sorprendió, pero tampoco sabia cómo reaccionar.

Antes de que pudiera pensar en lo que hacía, alargó una mano para sacudirle la nieve derretida de la solapa. Los músculos del pecho se tensaron bajo su tacto, y a Lauren se le aceleró frenéticamente el pulso.

Ahogó una exclamación y se llevó una mano al vientre.

–¿Estás bien? –le preguntó él con el ceño fruncido, poniéndole una mano en la espalda–. Dame la llave para que abra yo. Necesitas tumbarte.

–Estoy bien, muy bien –respondió ella, apartándose antes de ceder a la tentación. Afortunadamente, una patadita del bebé la había devuelto a la realidad–. Nuestro pequeño está practicando el charlestón.

Jason bajó la mirada a su vientre. La forma de reprimirse para no pedir lo que realmente deseaba hizo que Lauren se lo ofreciera.

–¿Quieres sentirlo?

Él asintió bruscamente, y ella agarró su mano y se la puso en el vientre.

–No sé si podrás sentirlo… aún es muy pronto –de ninguna manera iba a permitirle que le tocara el vientre desnudo–. Espera… un poco a la izquierda… Justo aquí.

Los ojos de Jason se abrieron como platos. La miró un instante y volvió a bajar la vista al estómago.

–Creo que… Sí, lo siento.

–A veces me quedo tumbada en la cama, sintiendo cómo se mueve, y de repente me doy cuenta de que he pasado así una hora. Es increíble, ¿verdad?

–No sabía lo que se sentía. Nunca he… –volvió a mirarla y le sostuvo la mirada–. Gracias.

Todos los ruidos se apagaron a su alrededor. Las voces de la otra pareja, el ladrido del perro, todo quedó ahogado por el pulso que latía ensordecedoramente en sus oídos. Entrelazó los dedos con los de Jason y pensó cómo sería dar rienda suelta a la atracción.

Se puso de puntillas y se acercó a su rostro. Él sólo necesitaba agacharse ligeramente. Sólo un beso. Nada más. Un simple roce de su boca contra la suya. Podía sentir la caricia de su aliento, avivando la intensidad del deseo. ¿Por qué preocuparse de las consecuencias?

Le atrapó el labio con los dientes. Él emitió un débil gruñido y la besó con toda su boca, aunque fue imposible saber quién se abrió primero a quién. Se habían besado en el despacho de Lauren, antes de acabar en el sofá. Pero aquel beso, aunque apasionado, no podía compararse al de ahora. Había algo maravillosamente romántico en besarse con el hombre que la había llevado a cenar.

Le palpó los cabellos, muy cortos y mojados por la nieve. Jason olía a invierno y al orégano del restaurante.

–Lauren –susurró él, repartiéndole besos por la mejilla y la oreja–, no podemos hacer esto en el rellano de la escalera… ¿Quieres que entremos?

¿Quería meterlo en casa? Se arqueó ligeramente hacia atrás para mirarlo a la cara. Entonces la puerta del apartamento se abrió de golpe y ella dio un respingo. Jason se colocó delante de ella como si quisiera protegerla. Lauren sintió que se le tensaban los músculos de la espalda bajo sus dedos. Se atrevió a mirar por encima del hombro de Jason y lo que vio le hizo poner una mueca de espanto.

–¿Mamá?

Capítulo Cuatro

De pie frente a su madre en el umbral, Lauren intentó que no la dominara el pánico. ¿Cuánto tiempo pasaría hasta que aquellos ojos maternales advirtieran el bulto bajo el jersey? Por primera vez, se lamentó de no haber informado a sus padres del embarazo.

Los remordimientos no le servirían de nada. Tenía que manejar la situación de la mejor manera posible, empezando por evaluar el estado anímico de su madre a partir de su atuendo.

Jacqueline Presley siempre había dado una extraña imagen entre vanguardista y estudiante universitaria. En aquella ocasión llevaba un traje de Chanel de color ciruela con unos lagartos de rubí trepando por la solapa de la chaqueta. Una capa de color esmeralda con flecos plateados colgaba descuidadamente de un brazo.

Lauren se preguntó cómo habría conseguido superar al portero para acceder, no sólo al edificio, sino también a su apartamento, pero tampoco le importaba mucho. Tenía otras preocupaciones más acuciantes.

La ropa de su madre insinuaba un buen estado de ánimo, pero el pelo alborotado, las uñas rotas y las manos temblorosas indicaban todo lo contrario. No eran signos muy reveladores, pero hacía mucho que Lauren había aprendido a interpretar correctamente todas las señales y a estar preparada para cualquier cosa.

Mientras pensaba algo que decir, Jason se adelantó y extendió la mano.

–Hola, señora Presley. Soy Jason Reagert.

–¿Reagert? –le estrechó la mano y meneó un dedo en el aire–. ¿Es familiar de J. D. Reagert, de Reagert Comm?

La sonrisa de Jason se tensó visiblemente.

–Es mi padre, señora.

–Oh, llámame Jacqueline, por favor.

Lo agarró del brazo y lo llevó hacia el interior del apartamento sin molestarse en mirar a Lauren.

¿Qué demonios…?

El temor a que se descubriera su embarazo casi la había paralizado, pero su madre se había limitado a ignorarla por completo.

Claro que Jason representaba la idea que su madre tenía del yerno perfecto. Lauren los siguió y cerró la puerta tras ella.

La risa de Jacqueline resonaba en el techo abovedado. Su madre tenía muchas cualidades y sabía ser encantadora cuando quería. Y cuando se medicaba regularmente podía llegar a ser una persona casi normal. Siempre sería estrafalaria y bohemia, pero al menos sus excentricidades podían ser divertidas cuando se cuidaba.

Lauren deseó con todas sus fuerzas que estuviera en una de esas fases. Se protegió el vientre con el bolso y siguió a Jason y a su madre, quienes seguían dándole la espalda. Jason apartó una silla para Jacqueline junto a la mesa del comedor. A Lauren le pareció extraño, pero no se le ocurrió discutir. La mesa de madera de color crema la ayudaría a ocultar su embarazo.

¿Sería aquélla la intención de Jason? El brillo de sus ojos indicaba que no se perdía detalle, y Lauren se dio cuenta de que la estaba protegiendo de su madre. Al mantener distraída a Jacqueline, haciéndose cargo de su chal, retirándole la silla y preguntándole por su viaje, acaparaba todo su interés y alejaba la atención de su vientre.

Y Jacqueline mordió el anzuelo hasta el final, pues se quedó embelesada con Jason y con lo que éste contaba de su trabajo en California. Ninguno de los dos le dirigió una sola mirada a ella. Jacqueline estaba tan encantada y ocupada siendo el centro de atención que ni siquiera jugueteó con la cadena de sus gafas que le colgaba del cuello.

A Lauren le resultaba muy extraño ver a alguien hablando con su estrambótica madre. Su padre, en cambio, se había preocupado más de esconderse que de afrontar el difícil carácter de Jacqueline.

La inusitada situación le supuso un enorme alivio, aunque sabía que Jason sólo estaba brindando un respiro temporal. Era inevitable que su embarazo saliera a la luz, aunque sí podían aplazarlo a un momento más adecuado.

Al cabo de quince minutos de charla, Jason agarró la mano de Jacqueline.

–Ha sido un auténtico placer conocerte, Jacqueline. Espero no parecerte muy grosero, pero acabo de llegar de California para visitar a Lauren y tengo que marcharme pronto…

Jacqueline agarró su capa y se la tendió a Jason para que se la extendiera.

–Oh, no dejéis que os interrumpa, tortolitos… Me vuelvo a mi suite en el Waldorf –se sacudió los flecos de la capa y se volvió hacia Lauren–. Quedaremos para comer juntas cuando tu chico regrese a California.

–Claro, mamá. Tenemos mucho de qué hablar.

–Conozco un sitio donde sirven comida ecológica. Te ayudará con esa retención de líquidos. Tienes la cara muy hinchada… –se inclinó para presionar la mejilla contra la de Lauren–. Es un buen partido –le susurró–. No vayas a fastidiarlo todo esta vez.

Lauren se colocó el bolso sobre el estómago.

–No, mamá.

No quería hablar con su madre de buenos partidos, especialmente delante de Jason. Ni siquiera pensaba responder al comentario de la cara hinchada, si con ello conseguía acabar la visita sin una discusión. Sabía que su madre se valdría del bebé para intentar echarle el lazo a Jason, y a Lauren la asqueaba que pudieran usar a su hijo de esa manera.

Jacqueline caminó alegremente hacia la puerta, acompañada por Jason. Se despidió agitando una mano sobre el hombro, pero sin mirar atrás.

Lauren volvió a sentarse. Dejó caer el bolso al

suelo y se pasó la mano por el vientre. El bebé se movió bajo su tacto. Ningún hijo suyo sería utilizado para ascender en la escala social.

Una lágrima resbaló por su mejilla.

Rápidamente se frotó la cara con la muñeca. Ni siquiera se había percatado de que estaba llorando. Oyó la puerta al cerrarse y volvió a restregarse los ojos con los dedos, confiando en que no le quedaran restos de maquillaje.

–No sé cómo darte las gracias –le dijo a Jason con una sonrisa.

–¿Por qué? –preguntó él, sentándose junto a ella.

–Por ayudarme con mi madre... Por no decir nada del bebé ni de mis problemas económicos.

–Haré todo lo que sea necesario para ayudaros a ti y al bebé.

Sus palabras le provocaron un estremecimiento, pero no supo si era de miedo o emoción.

Pensó en el beso que se habían dado en el pasillo y en lo fácilmente que podría volver a arrojarse en sus brazos. Jason tenía un don especial para hacerle perder el control, y eso la aterrorizaba.

Juntó las manos con fuerza para no agarrarle la suya sobre la mesa.

–Has estado genial. En serio. Venir a verme en cuanto supiste lo del embarazo, la cena de esta noche, la manera que has tenido de tratar a mi madre... –a pesar de todo, no podía olvidar los meses que habían pasado incomunicados, sin una sola llamada, sin un simple e-mail. Tendrían que hablar de aquella noche alguna vez, y el tema parecía menos inquietante después de haber superado el encuentro con su madre–. No me has preguntado cómo me quedé embarazada.

Él se rascó la mandíbula y se echo hacia atrás.

–Supongo que el preservativo debió de romperse.

Los recuerdos de la aventura le llenaron la cabeza. El cuerpo le seguía vibrando de placer por el beso del pasillo. Cuatro meses atrás también se habían besado, mientras se arrancaban la ropa con una pasión desmedida, salvaje, desesperados por unir sus cuerpos. Jason había buscado frenéticamente un preservativo en su cartera antes de…

–Los dos estábamos muy ocupados para preocuparnos por nada más –dijo Lauren, removiéndose en la silla. De repente se sentía muy incómoda–. Te agradezco que no me preguntes por ello.

Se fijó en los músculos de su cuello y recordó el tacto de su fuerza bajo los labios y el sabor de su piel.

–Hacía un año que nos conocíamos, y aquel último mes estuvimos trabajando juntos casi todo el tiempo. Sabía que no estabas saliendo con nadie cuando acabamos en el sofá de tu despacho.

–Tampoco estaba saliendo contigo –señaló ella, y sin embargo se habían acostado siguiendo un impulso irracional. En su vida sólo había estado con dos hombres, dos relaciones largas en las que había pensado casarse.

Jason le acarició el brazo con los nudillos.

–Puede que no estuviéramos saliendo, pero desde el primer momento me había fijado en ti.

La caricia se hizo tan suave y sensual que le abrasó la piel a través del jersey. Lauren lo deseaba tanto que se apartó antes de hacer alguna locura, como tirarlo al suelo para hacer el amor allí mismo. ¿Por qué nadie la había prevenido contra el descontrol hormonal del embarazo? Podía pasar del llanto al deseo desenfrenado de un momento a otro.

Jason dejó la mano en la mesa y respetó el espacio que ella tanto necesitaba. En realidad, necesitaría algo más que unos centímetros por medio para que se dispersara la embriagadora fragancia de su loción.

Carraspeó y abordó un tema capaz de sofocar cualquier brote de pasión.

–¿Cómo has conseguido representar una escena tan perfecta con mi madre?

Los ojos de Jason la observaron intensamente por unos segundos, antes de recostarse en la silla y aceptar el brusco cambio de tema.

–Hace un tiempo conseguí un contrato publicitario con una marca de maquillaje. La modelo se había quedado embarazada y querían que su cara siguiera apareciendo en el producto sin que se viera el resto de su cuerpo. Tuvimos que pensar en unas poses muy ingeniosas para la sesión de fotos.

–Te agradezco mucho tu ayuda –le dijo ella, jugueteando con el molinillo de pimienta que había en la mesa. Tal vez el picor de las especias le permitiera explicar las lágrimas que le escocían en los ojos–. Ya sé que sólo estoy retrasando lo inevitable.

Él agarró una servilleta de la cesta y se la tendió.

–Hablarle a tu madre de su primer nieto debería ser un motivo de alegría... en el lugar y momento que tú elijas.

–Gracias por ser tan comprensivo.

Aceptó la servilleta y se secó los ojos, maldiciendo una vez más las hormonas. El peso de la realidad la abrumaba cada vez más. La situación de la empresa, el embarazo en solitario... No podía con todo, y Jason le estaba ofreciendo ayuda. ¿Qué podía perder si se iba con él a California, un par de semanas tan sólo, el tiempo suficiente para reordenar su vida y hacer planes para el futuro que los aguardaba como padres?

–De acuerdo, Jason.

–¿De acuerdo qué?

Lauren respiró hondo y cruzó los dedos mientras dejaba brotar las palabras.

–Iré a California contigo y durante un par de semanas me haré pasar por tu novia.

Los ojos de Jason se iluminaron por un instante, pero su rostro adquirió enseguida una expresión seria.

–¿Dos semanas?

No se le había pasado por alto el detalle.

–No puedo ausentarme de mi negocio por mucho tiempo –y tampoco podía permitirse jugar a las casitas con Jason–. Mira lo que pasó la última vez... Estuve fuera unas cuantas semanas y mi contable se fugó con medio millón de dólares.

–¿Y en cuanto a la inyección de capital que te ofrecí?

–Sólo la aceptaré como un préstamo, con intereses y un plazo de pago –el orgullo no le permitía otra cosa–. No me sentiría bien de otra manera, sobre todo porque no voy a instalarme en California de modo permanente.

–Podríamos considerar ese dinero como una inversión para nuestro hijo.

–No insistas, Jason. Puede que medio millón de dólares no signifique mucho para ti, pero para mí se trata de principios.

–Muy bien –aceptó él–. Como quieras.

–Claro que... aceptaré un interés muy bajo –tampoco era cuestión de que su orgullo volviera a llevarla a la bancarrota.

–Sabia decisión.

–Esta vez tendré más cuidado a la hora de elegir a mi sustituto. La vez anterior pensé en contratar a un gerente, pero decidí no hacerlo para reducir gastos. Un error que no volveré a cometer.

Había recibido una segunda oportunidad y no podía permitirse un nuevo fracaso. Su hijo merecía tener una madre fuerte y segura.

–Pero insisto –dijo, pinchando a Jason en el pecho con el dedo–, sólo serán dos semanas. Ya me resulta bastante difícil ausentarme de la oficina por ese tiempo.

–Volverás a Nueva York dentro de dos semanas, pero dejaremos el compromiso asentado para tranquilizar a tu madre y a mi cliente –le agarró el dedo y se lo dobló suavemente contra el pecho, envolviéndola con el calor que despedían su tacto y sus ojos marrones.

–Al cabo de un tiempo diremos que la distancia nos ha separado definitivamente.

–Eh, ¿acabamos de comprometernos y ya estamos pensando en la ruptura? –bromeó él, acariciándole la muñeca con el pulgar.

–Déjate de bromas –«y deja de intentar excitarme».

Jason le sujetó los dedos con la misma firmeza que reflejaba su mirada.

–¿Por qué? Tienes una sonrisa preciosa... Llámame egoísta si quieres, pero me gusta verte sonreír.

El calor de su mano y de sus ojos amenazaba con prender un fuego descontrolado en su interior. Tenía que impedirlo como fuera.

–Tengo una última condición –dijo, retirando la mano.

–Dímela y se cumplirá.

Lauren se aferró a los brazos de la silla para refrenar el impulso que contradecía sus palabras.

–Bajo ninguna circunstancia volveremos a acostarnos.

Había accedido a ir a California para recuperar fuerzas, salvar su empresa y ayudar a que Jason asegurara su empleo. Pero se negaba a perder la cabeza otra vez. Y así ocurriría si se dejaba llevar por la atracción que ardía entre ambos.

Pero al mirar sus anchos hombros y brillantes ojos marrones, se preguntó si no sería peor el remedio que la enfermedad.

***

Desde el principio Jason había sabido que acabaría saliéndose con la suya. Y aunque Lauren le había dejado muy claro que no habría sexo entre ellos, él había visto la excitación en sus ojos y los pezones endurecidos bajo el jersey.

Aún había esperanza...

Durante el cómodo vuelo chárter que los llevó a San Francisco, sin embargo, Jason no intentó forzar la situación. Tenía dos semanas por delante para conquistar a Lauren y no iba a fastidiarlo todo el primer día por culpa de las prisas. Lo primero era acomodarla en su elegante residencia victoriana para que pasara la mejor noche posible.

Las farolas del Mission District iluminaban el interior del coche. Lauren pegó las manos a la ventanilla del Saab y ahogó un gemido de asombro.

–¡Tienes una casa!

–¿Te creías que vivía en el coche?

Ella se rió y volvió a mirar la casa mientras Jason conducía hacia el garaje.

–No tanto, pero sí te imaginaba en un típico apartamento de soltero... Qué jardinera tan bonita junto a la puerta. Y tiene flores, a pesar de estar en enero. Parece una casa muy hogareña.

Jason nunca había visto la casa desde esa perspectiva, y no sabía si le gustaba aquella definición.

–Cuando estaba en la Marina dormía en un camarote minúsculo. Necesitaba tener espacio para mí solo.

–Los bebés pueden hacer mucho ruido y ocupar mucho espacio...

–A menos que lleves una docena de marineros

ahí dentro, no creo que tengamos problemas de espacio.

Le hizo un guiño y salió del coche para abrirle la puerta y conducirla bajo el techado que comunicaba el garaje con el edificio histórico. Había comprado la casa principalmente por su emplazamiento, pero mientras subía los escalones de la entrada lateral se fijó en los detalles a través de los ojos artísticos de Lauren. Una mansión victoriana de color gris con remates blancos, relucientes suelos de parqué, molduras de cornisa y ventanas con vidrieras policromadas.

–Es preciosa –dijo ella, girándose sobre sí misma. Sus apetitosas curvas tentaron peligrosamente a Jason.

–Me gusta estar en el centro de las cosas –repuso él, aflojándose la corbata.

–¿Quieres decir que ya no eres un adicto al trabajo? –pasó los dedos sobre la repisa de mármol de la chimenea y recorrió la habitación con una mirada de apreciación.

Jason sabía que Lauren encontraría la casa de su agrado. No la había comprado pensando en los dos, pero había tenido mucha suerte al elegir una vivienda que también le gustase a ella. ¿O quizá sería que ambos tenían algo en común?

–Tengo muy poco tiempo de ocio, por lo que me pareció sensato tener más a mano los restaurantes y clubes nocturnos.

Lauren tocó pasó la mano por la moldura del friso.

–Menudo hallazgo.

Jason dejó el equipaje de Lauren al pie de la escalera.

–La pareja que vivía aquí antes reformó todo el edificio, incluida la instalación eléctrica y las cañerías. Y por supuesto, modernizaron la cocina y los baños.

–¿Cómo tuviste la suerte de quedártela? –le preguntó ella, agitando su melena caoba al mirarlo por encima del hombro.

–Las reformas hicieron estragos en su matrimonio y parece que rompieron antes de acabarlas. En la bañera de la habitación de invitados aún estaban amontonados los materiales para empapelar las paredes –había estado tan ocupado con el asunto Prentice que hasta la semana anterior no había despejado ese cuarto de baño–. Ninguno de los dos podía pagar la casa por separado, de modo que la vendieron.

–Qué triste –dijo ella, abrazándose la cintura de tal modo que acentuó aún más sus curvas–. ¿No te molesta vivir en una casa con malas vibraciones?

–Me molestaría más pagar una cantidad adicional por tener una casa igual que ésta colina abajo.

–Entiendo –murmuró ella–. ¿Y los muebles?

Jason miró las paredes desnudas y las habitaciones casi vacías. En cada una de ellas había unas cuantas cajas apiladas. Él tan sólo había desempaquetado lo que iba necesitando.

–No he tenido tiempo de comprar nada. El piso de alquiler donde vivía antes estaba amueblado, de modo que al mudarme aquí sólo traje lo básico y seguí trabajando sin preocuparme por el mobiliario. Quería tener tiempo para adquirir los muebles adecuados, en vez de comprar un montón de trastos de los que luego me arrepintiera –le hizo un gesto para que lo siguiera–. Vamos a la cocina. Hay sillas y comida.

–Podrías contratar a un decorador –le propuso Lauren.

Las pisadas de ella resonaban en el pasillo, y su gemido de asombro al ver la espaciosa cocina lo hizo sonreír.

–No me corre prisa. Tengo todo lo que necesito –la acomodó en uno de los dos taburetes junto a la gran isla del centro, entre la cocina y el espacio del comedor–. Un sillón reclinable, un gran televisor y una cama con un buen colchón. Eso es todo lo que necesito.

Lauren frunció el ceño al sentarse y apoyar los codos en la encimera de granito brasileño.

–¿Dónde voy a dormir yo?

–En mi cama, por supuesto –abrió el frigorífico, sintiendo como le subía la temperatura corporal sólo por pronunciar aquellas palabras–. ¿Te apetece fruta? ¿Agua mineral?

–Sí, por favor –se levantó y aceptó las uvas y el agua que él le ofrecía–. En tal caso, espero por tu bien que tengas una cama o un sofá en la habitación de invitados.

A Jason le encantaba el modo que tenía de responder a sus provocaciones, sin soliviantarse ni fingir indignación.

–Esa habitación tampoco está amueblada. Yo

dormiré en el sillón, hasta que encargue otro colchón.

–Te advierto que no voy a compadecerme de ti ni a invitarte a que compartas la cama conmigo –dijo ella, tomando un gran sorbo de agua.

–No tienes corazón... –deslizó una mano por detrás de su cintura y le puso una uva en los labios.

–Te dejé muy claro en Nueva York que no me acostaría contigo –le recordó ella, antes de quitarle la uva y metérsela ella misma en la boca.

–Tenía que intentarlo –dijo él, acariciándole la espalda con el dedo mientras buscaba algún signo de excitación, como la dilatación de las pupilas o el pulso acelerado.

–Jason, no podemos dormir juntos durante dos semanas y pretender que tenemos una relación amistosa. No es lógico. Tenemos que pensar en el bebé, no correr riesgos innecesarios.

Jason aprovechó que no lo apartaba para tirar de ella hasta colocársela entre las rodillas.

–¿No crees que a nuestro hijo le gustaría que estuviéramos juntos?

–¿De repente estás preparado para tener una relación estable? Debe de ser cosa de magia, porque hace cuatro meses no lo estabas.

–¿Por qué no iba a estar preparado?

–Qué conmovedor –lo apartó de un empujón y se encaminó hacia las escaleras.

–Eh, sólo lo estoy intentando –le dijo, siguiéndola con los brazos abiertos–. Esto también es territorio desconocido para mí.

Lauren agarró la bolsa de viaje.

–Me voy a la cama. Sola. Que disfrutes del sillón.

–Lo haré. Gracias. Tengo el sueño muy profundo –le quitó la bolsa de la mano–. Y también tengo la manía de no permitir que una mujer, y menos una mujer embarazada, cargue el equipaje por las escaleras.

Sin decir nada más, subió los escalones a paso ligero por delante de ella. Tenía a Lauren en su casa y disponía de dos semanas enteras para conseguir acostarse con ella. ¿Y después? Se aseguraría de que no pudiera volver a echarlo de su vida. Al menos, no tan rápido.

Capítulo Cinco

A solas en el dormitorio vacío, Lauren se apoyó de espaldas contra la puerta y oyó como las pisadas de Jason se alejaban hacia el sillón reclinable. Tal vez su apartamento de Manhattan estuviera atestado de muebles y plantas, pero el mobiliario de aquella habitación se reducía a la mínima expresión.

Un colchón sobre un somier, una mesita de noche con una lámpara y un reloj despertador y un armario lleno de ropa en los percheros y estantes.

Arrojó el bolso sobre la cama y una vez más el anillo volvió a escaparse del interior. Lauren lo agarró y lo dejó en la mesilla. Se negaba a sentir lástima por Jason. Era un tiburón de los negocios y había demasiado en juego. No podía permitirse que la pillara desprevenida.

Sin embargo, había algo en aquel lugar que la hacía sentirse triste. Quería inundar de flores, colores y sonidos el frío mundo de Jason. La casa inspiraba una amarga sensación de abandono, como si anhelara albergar fiestas, recibir visitas y llenarse con el amor de una familia. En la cocina había dos taburetes. ¿Habrían estado allí desde siempre o los habría llevado Jason con la intención de invitar a alguien?

Se arrodilló junto a la bolsa y sacó el camisón de seda. Todavía le sentaba bien, pero ¿hasta cuándo? Se acarició el creciente bulto de la barriga. No se podía decir que tuviera la figura de una mujer fatal.

Observó las paredes desnudas y la ventana panorámica, que pedía a gritos un par de sillones desde donde una pareja pudiera contemplar un bonito amanecer. Pero aparte de los taburetes de la cocina, no parecía que Jason hubiera llevado a nadie.

A nadie, salvo ella.

Jason sabía que ella no había salido con nadie durante los últimos seis meses que él pasó en Nueva York, pero él sí lo había hecho. Al menos, hasta un par de meses antes de marcharse a California. Ella jamás se habría acostado con un hombre emparejado, por muy fuerte que fuera la atracción.

Se quitó la ropa y se puso el camisón por la cabeza. La seda le acarició los pezones, ultrasensibles y endurecidos. El deseo la acuciaba a buscar una satisfacción inmediata. ¡Qué fácil sería bajar las escaleras y sofocar la necesidad que palpitaba entre sus piernas…!

Miró hacia la puerta y pensó en hacerlo. Incluso llegó a dar un paso adelante, pero entonces se enganchó el dedo del pie con la correa del maletín del ordenador.

Ordenador. Trabajo… No podía olvidar la razón que la había llevado a San Francisco. Estaba allí para darse tiempo y pensar en la manera de salvar su negocio y su orgullo.

Por desgracia, el orgullo y el ordenador portátil no eran los mejores compañeros de cama.

Jason pasó por encima del cable del ordenador. El portátil de Lauren estaba cerrado y reposaba en la mesita de noche, junto al reloj y el estuche del anillo, también cerrado.

El dedo anular de Lauren seguía desnudo. Había accedido a ser su novia, pero no se había comprometido al cien por cien con el plan.

Jason dejó la bandeja del desayuno en una esquina del colchón y observó a la mujer durmiente. El pelo rojo se esparcía sobre la almohada marrón, las sábanas se enredaban alrededor de sus piernas y el camisón de color amarillo limón formaba pliegues sobre sus muslos. Jason recordó el suave tacto de aquellas piernas y la fuerza de sus músculos al rodearle la cintura. Reprimirse iba a ser más difícil de lo que pensaba, pero tenía que ser paciente.

Se sentó en la cama y le apartó el pelo del rostro. No quería molestarla, pero tampoco quería dejarla sola en un lugar desconocido para ella.

–Despierta, dormilona.

Ella se puso boca arriba y se estiró lentamente, haciendo que el camisón se le pegara a la curva del vientre. Jason recordó la sensación que tuvo al notar los movimientos del bebé. Había sido algo increíble.

Convencer a Lauren para que se quedara era cada vez más importante.

Ella abrió ligeramente los ojos y sonrió al verlo, y aquella sonrisa adormilada bastó para que Jason se olvidara de la paciencia. Se inclinó hacia ella y la besó en cada párpado. Su piel, exquisitamente suave, le hizo prolongar el contacto y besarla en la punta de la nariz y la barbilla. Le habría gustado seguir bajando, pero ella aún no se había despertado del todo, y él quería que estuviera completamente despejada y dispuesta la próxima vez que hicieran el amor.

Lauren se removió lenta y sensualmente bajo él y dejó escapar un dulce suspiro que casi fue la perdición de Jason. Apoyó la frente contra la suya, y entonces ella se puso rígida y abrió los ojos del todo.

–Jason... –lo empujó en el pecho y se escurrió hacia un lado–. Creía que te había dicho que no te acercaras a mi cama.

Él se retiró, sintiendo que la frustración le ardía en las venas. Paciencia. Debía tener paciencia.

–Estás en mi cama, ¿recuerdas?

–Una mera cuestión semántica –murmuró ella, tirándose del camisón hacia abajo mientras subía la sábana con la otra mano.

–Si mal no recuerdo, eras una persona muy madrugadora –dijo Jason, levantando la bandeja de la cama.

–Eso era antes de que se me revolviera el estómago... Pero gracias, de todos modos –añadió al observar el zumo, la leche, las tostadas y los huevos–. Es un detalle muy amable por tu parte.

–Siento que no te encuentres bien.

–Ya estoy mejor. Al menos puedo comer sin vomitarlo todo –desgajó un trozo de tostada y la mordisqueó con apetito.

Jason se levantó, satisfecho al verla comer. Por primera vez en su vida, no le importaría llegar tarde al trabajo.

–Volveré a la hora de comer.

–No tienes por qué hacerlo –tomó un sorbo de leche–. Tengo que trabajar con el ordenador y hacer un montón de llamadas.

–Muy bien, entonces nos veremos en la cena. Mañana te presentaré a mi jefe, y dentro de unos días hay una fiesta muy importante.

–Ah, así podré conocer a esa gente a la que no le gusta que tengas una novia embarazada –arrugó su bonita nariz–. Genial. Me muero de impaciencia.

–Es el cliente quien tiene ese problema, no mis colegas –sacó una corbata del armario y se la pasó alrededor del cuello para anudarla.

–Oh, claro... El viejo anticuado.

Jason se ajustó el cuello de la camisa y se puso la chaqueta. Sólo hacía una noche que tenía a Lauren en casa y ya se sentía extrañamente familiarizado con la escena matinal.

–Es quien paga y por eso se permite elegir. Si queremos su contrato, y realmente lo queremos, no nos queda más remedio que acatar sus reglas, especialmente con Golden Gate Promotions pisándonos los talones. Seguro que una empresaria como tú puede entenderlo.

–Claro que lo entiendo.

–Sería de gran ayuda para convencer a la gente de nuestro compromiso que llevaras esto –agarró el estuche de la mesilla y lo puso en la bandeja.

Como hombre de negocios sabía que la exposición de un tema era fundamental para conseguir el objetivo. Si le ofrecía el anillo de diamante en la palma de la mano parecería que se estaba declarando de verdad. Pero si lo dejaba descuidadamente en la bandeja tal vez ella se sintiera menos presionada.

Lauren tocó el estuche con la punta del dedo.

–No puedes casarte con alguien sólo para complacer a un cliente.

La aguda observación se le quedó grabada a Jason. No en vano Lauren era una mujer muy lista e intuitiva, dos rasgos que le encantaban de ella.

–Sinceramente, Lauren, no sé hasta dónde llegaría con esto. Intento tomarme las cosas de una en una, pero tengo que tomar las decisiones adecuadas para asegurar el futuro del bebé, y eso implica asegurar tu futuro y el mío. Un buen modo de conseguirlo sería hacer que nuestro compromiso fuera lo más oficial posible, por lo que se hace necesario lucir este anillo en el dedo. Además, también serviría para que tu madre te dejara en paz una temporada.

Lauren le dio un manotazo en el brazo.

–Eso es jugar sucio.

–Sólo cumplo con mi misión –repuso él, dándole unos golpecitos al estuche de terciopelo.

Ella se abrazó las rodillas y miró el anillo como si fuera una bomba y no un diamante de tres quilates.

–¿Qué diré si alguien me pregunta por la fecha de la boda?

Jason estiró el cuello a uno y otro lado. No eran ni las siete de la mañana y ya se le empezaban a agarrotar los músculos por el estrés.

–Di que es tu madre quien se encarga de la boda, que estamos buscando una fecha que encaje con nuestras respectivas agendas de trabajo, o que estamos pensando en casarnos en Las Vegas.

Lauren agarró el estuche y lo sostuvo de manera que la luz de la mañana se reflejara en el diamante.

–Se te da muy bien mentir...

¿Mentir? Jason siempre se había enorgullecido de decir la verdad, aunque a veces tuviera que maquillarla un poco.

–Sólo soy un publicista que trata de vender el producto.

Ella no dijo nada más, pero su mirada lo acusaba de estar mintiéndose a sí mismo.

Lauren salió de la ducha envuelta en una nube de vapor, se enrolló una toalla alrededor del cuerpo y corrió hacia el teléfono. Se sentía como una adolescente que esperaba la llamada de su novio.

Llegó jadeando y con el pelo chorreando a la mesita de noche y agarró el móvil.

–¿Diga?

–Lauren –la voz de su madre se transmitió a través de las ondas en un tono agudo y frenético–. Me ha llamado el albacea de la tía Eliza.

Lauren se sentó en la cama y se reprendió mentalmente por no haber mirado el identificador de llamada antes de responder.

–¿Por qué te llama a ti en vez de hablar conmigo directamente?

¿Qué problema podría haber a esas alturas? Ella ya había recibido el dinero de la herencia… el mismo que le había robado su ex contable.

–Dijo que te estaba buscando y que no lograba dar contigo. ¿Dónde estás?

–Estoy en viaje de negocios, pero tengo el móvil y mi correo electrónico. Lo llamaré enseguida. Gracias por avisarme –dijo rápidamente, con la esperanza de poner fin a la breve conversación.

–Me ha dicho que tienes problemas económicos…

Lauren midió sus palabras con cuidado antes de hablar. Sus padres tenían mucho dinero y estaban encantados de compartirlo con su hija. Pero aquella generosidad no estaba exenta de condiciones, y ella no quería depender toda su vida de papá y mamá, sin conseguir nada por sí misma.

–He tenido algunos problemas en el trabajo, pero ya los estoy solucionando.

–¿Problemas en el trabajo? Ya sabes que la mayoría de los negocios fracasan en el primer año, querida –de fondo se oía el tintineo de la cadena de las gafas.

–Sí, madre, lo sé. Conozco las estadísticas –y rezaba por que su empresa no se añadiera la lista–. Gracias por avisarme.

–Voy a llamar a mi contable ahora mismo para

que hable contigo. Así que no te separes del móvil.

–Gracias, mamá, pero puedo arreglármelas yo sola –insistió Lauren, apretándose la toalla. Le temblaba todo el cuerpo.

–Nunca has sido buena con el dinero, querida.

Lauren se mordió el labio hasta casi hacerlo sangrar, pero el comentario le hacía aún más daño que los dientes.

–¿Recuerdas cuando te gastaste todos tus ahorros en aquel reloj? –siguió su madre.

–Mamá… –sabía que era absurdo discutir con su madre, pero no podía evitarlo–, estaba en tercer grado. Mis ahorros cabían en una hucha.

La voz de su madre se quebró en un sollozo.

–Claro… ¿Quién soy yo para hablar? Sólo me preocupo por ti –volvió a sollozar–. No es necesario que me ataques de esa manera. Eres igual que tu padre. Siempre criticando todo lo que hago…

–Mamá, lo siento…

–Sí, bueno. Al menos tengo un sitio al que ir para aliviarme del estrés. ¿Te he hablado de mi nueva casa de vacaciones?

Lauren cerró los ojos. Ni siquiera era la hora de comer y ya estaba al límite de sus fuerzas. Los cambios de humor de su madre no eran nada nuevo, pero siempre la dejaban exhausta. Se limitó a escuchar y tatarear en voz baja mientras su madre le contaba los detalles del lugar perfecto para evadirse y descansar.

En el caso de su madre, el lugar perfecto suponía necesariamente un lugar nuevo, ya que se había enemistado con todo el mundo en sus anteriores retiros. Lauren había presenciado lo mismo en incontables ocasiones.

Mientras escuchaba a medias a su madre, sus ojos se posaron en el estuche de terciopelo.

Jason le había sido de gran ayuda con su madre, así como con sus problemas económicos. Era muy atento y se preocupaba de saber lo que ella necesitaba realmente, hasta el punto de llevarle flores a la oficina y el desayuno a la cama. Su interés por comprometerse tal vez obedeciera a un motivo más frío y calculado, pero ¿qué tenía ella que perder por llevar el anillo? Con el simple hecho de deslizarse el diamante en el dedo lo estaría ayudando a conservar su empleo, lo que supondría un futuro más seguro para el bebé. Además, él ya estaba haciendo todo lo posible por ayudarla a salvar su empresa.

Agarró el estuche de la mesita y lo abrió. El anillo destellaba tentadoramente desde su lecho de terciopelo.

Sólo era una mera formalidad. Estaba allí, en su casa, embarazada de su hijo. ¿Qué importaba que llevase el anillo?

Con el teléfono sujeto bajo la barbilla, se puso el anillo y apretó el puño. Sabía que estaba haciendo lo correcto, pero la idea de quedarse allí sentada todo el día, mirando el anillo y asaltada por las dudas, le revolvió el estómago de tal manera que estuvo a punto de vomitar la tostada.

Jason quería que todo el mundo en su oficina supiera lo de su compromiso cuanto antes, y aun así le había dado tiempo para que ella se lo pensara. ¿Por qué esperar más? Podía conocer a sus compañeros de trabajo y sorprender a Jason con una invitación para comer y hablar del futuro del bebé.

Habiendo tomado la decisión, se levantó de la cama.

–Mamá, me ha encantado hablar contigo, pero tengo una cita para comer a la que no puedo faltar.

Desde el taxi, Lauren observó los imponentes edificios blancos del distrito comercial de Union Square. En algún lugar de aquella jungla de cemento y palmeras se encontraban las oficinas de Maddox Communications. Antes de salir de casa de Jason había buscado en Internet información sobre la empresa. Al fin y al cabo, era una mujer de negocios y sabía cómo prepararse antes de adentrarse en territorio desconocido.

James Maddox había fundado la empresa más de medio siglo atrás. Se casó con Carol Flynn y tuvieron dos hijos, Brock y Flynn, quienes también entraron en el negocio familiar. Cuando James murió, ocho años atrás, Brock tomó el timón de la empresa y su hermano se convirtió en el vicepresidente.

Lauren intentaba leer todas las indicaciones, buscando Powell Street y el edificio conocido como The Maddox. Finalmente, el taxi se detuvo frente al edificio de siete plantas construido en 1910 al estilo Beaux Arts. Según explicaba el artículo que encontró en Internet, James salvó el edificio de la demolición y lo restauró por completo a finales de los años setenta. Como resultado, su precio era ahora diez veces mayor.

Lauren le pagó al taxista y descendió del vehículo. Las puertas automáticas se abrieron con un suave zumbido. La planta baja albergaba el restaurante Iron Grille y algunos comercios al por menor. En el ascensor, leyó la placa informativa y comprobó que el segundo y tercer pisos estaban alquilados a otros negocios.

Las plantas quinta y sexta albergaban las oficinas, y las instrucciones indicaban a los clientes y visitas que accedieran a las mismas por la planta sexta.

Las puertas del ascensor se abrieron y salió a un vestíbulo amplio y opulento, de suelos de madera de roble y obras de arte en las paredes blancas. A ambos lados del gran mostrador, dos pantallas de plasma de setenta pulgadas mostraban videos y anuncios producidos por la misma empresa.

Jason había conseguido entrar en Maddox Communications por méritos propios, sin recurrir a la riqueza e influencia de su familia. Lauren sabía muy bien lo difícil que podía ser independizarse de unos padres tan poderosos.

–Bienvenida a Maddox Communications –la recibió la recepcionista con una sonrisa. Sus cortos cabellos castaños se agitaban con los alegres movimientos de su cabeza–. ¿En qué puedo ayudarla?

Lauren leyó su nombre en la placa y le devolvió la sonrisa.

–Hola, Shelby. He venido a ver a Jason Reagert. Me llamo Lauren Presley.

–Muy bien, señorita, ¿le importa esperar ahí un momento? –le indicó los grandes sofás de cuero blanco.

Lauren pasó nerviosamente el dedo pulgar sobre el anillo y Shelby la miró sin disimular su curiosidad. A Lauren le dio un vuelco el estómago. De repente ya no estaba tan segura de que aquello fuese una buena idea. ¿A qué estaba jugando? Su intención había sido demostrarle a Jason lo que valía, pero sólo estaba consiguiendo dar una imagen patética.

Se encogió por dentro y se cubrió el vientre con el bolso. Tal vez aún estuviera a tiempo de marcharse sin llamar más la atención.

Pero entonces vio una sombra en el pasillo y dudó. ¿Sería Jason que venía a recibirla? ¿Tan pronto?

Un hombre delgado y moreno, de unos cuarenta años y expresión severa, entró en la recepción. Se detuvo en el mostrador y le entregó una nota a Shelby mientras le hablaba en voz baja.

Lauren se preparó para salir de allí.

Shelby le susurró algo al hombre y señaló a Lauren. El hombre se irguió y se dirigió directamente hacia ella.

–Hola –la saludó, ofreciéndole la mano–. Soy Brock Maddox.

El director general. El jefazo de Jason.

–Me han dicho que ha venido a ver a nuestro chico de oro.

Ella le estrechó la mano.

–Lauren Presley. Soy amiga de Jason. Y también soy diseñadora gráfica. Jason y yo trabajamos juntos hasta hace unos meses en un par de proyectos en Nueva York.

Él bajó fugazmente la mirada a su vientre. ¿Tan evidente resultaba su embarazo? Por desgracia, eso parecía.

–¿Ha venido a San Francisco por trabajo o por placer?

–Por ambas cosas. Shelby iba a avisar a Jason de que estoy aquí.

–Venga conmigo. Puede darle una sorpresa –le hizo un gesto para que la siguiera y echó a andar por las oficinas.

A Lauren no le quedaba más remedio que llegar hasta el final e intentó sofocar los nervios al detenerse frente a una puerta con una placa: *Jason Reagert.*

Respiró hondo y abrió, pero se detuvo en seco antes de entrar. Jason estaba de pie de espaldas a ella... con una mujer. Una mujer pelirroja y despampanante, que le sonreía mientras le posaba íntimamente la mano en el brazo.

Los nervios se transformaron en una furia irracional. Nadie le prohibía seducir a otras mujeres, pero para estar tan preocupado por evitar un escándalo aquello era jugar con fuego.

Un escalofrío le recorrió la columna y le llegó al corazón. ¿Cómo podía haber sido tan ingenua para creer que había algo entre ellos sólo porque él le llevase el desayuno a la cama?

La culpa era suya, por ser demasiado fácil. Siempre había dejado que la pisotearan, ya fuera su madre, su contable o Jason. Se giró el anillo en el dedo. Al menos con este último había recibido un toque de atención.

Pero si estaba allí era por él, y no iba a salir huyendo como un conejo asustado. ¿Jason quería una novia? Pues la iba a tener.

–Hola, cariño –lo saludó, colocándose las manos sobre el vientre–. Me muero de hambre. ¿Estás listo para ir a comer?

Capítulo Seis

Maldición.

Jason dio un paso atrás con tanta brusquedad que la mano de Celia cayó de su brazo. Él había estado a punto de apartarla justo antes de que Lauren entrase en el despacho. ¿Qué demonios estaba haciendo allí? Y para empeorar aún más la situación, Brock estaba justo detrás de ella, frunciendo el ceño.

Celia se había pasado por su despacho para preguntarle si le apetecía tomar una copa después del trabajo. Y él se disponía a aclarar las cosas cuando la puerta se abrió. Ahora tendría que hacer algo para arreglar la situación. Sin perder un segundo.

Lauren entró en el despacho. Sus ojos despedían llamas verdes, como una piedra de kriptonita con la que atacar a Supermán. El vestido holgado de color aguamarina se agitaba alrededor de sus piernas y curvas. Despedía una confianza y una sensualidad arrebatadoras, sobre todo cuando extendió la mano izquierda con el anillo centelleando en el dedo.

–Soy Lauren Presley, la novia de Jason. Acabo de llegar de Nueva York y vamos a casarnos esta noche.

–¿Casaros? –exclamó Celia.

–¿Esta noche? –repitió Jason. De repente se había quedado sin aire.

Brock arqueó una ceja y también entró en el despacho.

Lauren se acercó a la mesa de Jason y se enganchó a su brazo.

–Ya sé que era un secreto, cariño, pero estoy tan emocionada que no he podido evitarlo. Vamos a casarnos en Las Vegas. Puede que no sea muy original, pero… –se acarició el vientre–. No tenemos tiempo para hacer planes.

Brock se metió las manos en el bolsillo, con una expresión completamente inescrutable.

–No teníamos ni idea… Enhorabuena.

Jason se ajustó la corbata.

–Gracias.

Lauren sonrió a modo de disculpa.

–La culpa es mía, señor Maddox. Suelo ser muy reservada con mi vida privada, pero intento abrirme cada vez más a la gente.

Le sonrió a Jason y le clavó las uñas en el brazo.

–¿Les has dicho que mañana llegarás tarde al trabajo?

Él le dio una palmadita en la mano y le retiró las uñas.

–Todavía no.

–Parece que tenéis mucho de qué hablar –dijo Brock–. Será un placer celebrarlo con vosotros cuando volváis de Las Vegas… Felicidades de nuevo –abrió la puerta del despacho para que Celia, desconcertada, lo siguiera.

Jason le debía una disculpa a Celia. Pero también le debía lealtad a Lauren. ¿Hablaba en serio sobre aquella boda en Las Vegas? Y si así era, ¿qué había hecho que cambiara de opinión?

Esperó a que la puerta del despacho se cerrara para girarse hacia Lauren, cuya mano reposaba peligrosamente cerca del pisapapeles de peltre. ¿Sería la clase de persona que arrojaba cosas a la cabeza? Normalmente era tan tranquila que Jason no se esperaría un arrebato de furia, pero tampoco se habría esperado nunca que anunciara su intención de casarse en Las Vegas el mismo día.

Cubrió la distancia que los separaba sin dejar de mirarla a los ojos. El rostro de Lauren parecía esculpido en piedra, sin el menor atisbo de emoción.

–¿Hablabas en serio sobre la boda?

–Absolutamente –afirmó ella, dejando el pisapapeles en la mesa con más fuerza de la necesaria.

–Me parece fantástico, en serio –no sabía qué la había llevado a la oficina, pero no tenía la menor intención de discutir–. No tienes por qué estar celosa de Celia –añadió, apartándole suavemente el pelo del hombro.

–¿Quién ha dicho que esté celosa?

–Es evidente que estás disgustada –empezó a masajearle la nuca, pero ella le apartó la mano.

–No me gusta que se rían de mí.

–No hay nada entre Celia y yo –le aseguró él. Y era cierto.

–¿Lo sabe ella?

–Eso mismo le estaba aclarando cuando has entrado.

Lauren entornó la mirada.

–Así que hay algo entre vosotros...

–Oye, espera un momento –se puso a andar de un lado para otro del despacho–. Primero rechazas todos mis intentos por cortejarte, pero cuando me ves tonteando con otra mujer, lo cual son imaginaciones tuyas, quieres casarte conmigo enseguida. ¿Cómo es posible?

–Sólo hay que hacer el equipaje y sacar los billetes de avión –se colocó delante de él, cortándole el paso.

Estaba muy guapa cuando se enfadaba. Los ojos le brillaban y sus cabellos parecían chisporrotear por el calor que irradiaban. Jason intentaba hacer lo correcto para ellos y para el bebé, pero ella no dejaba de desconcertarlo.

–Si tan enojada estás conmigo, ¿por qué le haces saber a todo el mundo que vamos a casarnos en Las Vegas?

Ella se acercó aún más, hasta que sólo los separó un susurro de aire cargado de tensión.

–Antes me preocupaba que pudiéramos implicarnos emocionalmente. Pero has conseguido borrar todos mis temores sobre los matrimonios fallidos y los corazones rotos. Ahora sé sin lugar a dudas que jamás podría enamorarme de ti. Así que vámonos a Las Vegas.

Lauren logró mantener la compostura mientras Jason le presentaba al personal de Maddox Communications de camino al coche. Al menos él había captado el mensaje y evitaba hacerle preguntas incómodas mientras reservaba un vuelo a Las Vegas.

Incluso consiguió reprimir las lágrimas durante el vuelo y durante la farsa que supuso la ceremonia, oficiada a toda prisa en una capilla al aire libre.

–Yo os declaro marido y mujer. Puedes besar a la novia.

El comisionado civil cerró el libro y pasó la mano sobre la cubierta florida. Su camisa hawaiana era un poco excesiva, incluso para estar en Las Vegas, pero había flores y plantas por todas partes. Lauren siempre había soñado con un entorno florido para su boda, por lo que se puso más sentimental de la cuenta.

Jason le rozó los labios con un beso. No fue nada pasional ni dramático, y ni siquiera separó los labios, pero a Lauren le pareció perfecto. El calor que desprendían los labios de Jason se propagó como una corriente de fuego líquido por sus venas.

E hizo aún más difícil contener las lágrimas.

Él le dio una palmadita en la cintura. Apenas fue una caricia, pero bastó para que el traicionero cuerpo de Lauren respondiera con un estremecimiento y se arqueara hacia él.

Lauren se apresuró a apartarse y bajar la mirada.

–Disculpa –murmuró, y corrió hacia los aseos, desesperada por poner distancia entre ellos antes de derrumbarse por completo delante de Jason.

¿Qué demonios acababa de hacer?

Una vez en el aseo, se dejó caer en el sofá de ratán entre los helechos y palmeras, agarró un montón de pañuelos de la caja que había a mano y dejó escapar las lágrimas que llevaba conteniendo desde que descubrió que iba a ser madre soltera. Las lágrimas por su madre, por su negocio y por ella misma.

Y también por Jason.

Era su noche de bodas, y por mucho que deseara disfrutar de la situación sin preocupaciones, no podía renunciar tan fácilmente a la cautela.

Haría lo que tuviera que hacer para salvar su empresa. Y también ayudaría a Jason a ascender en su carrera, porque eso redundaría en beneficio de su hijo. Una vez que pusieran fin a aquel matrimonio de mentira, acabaría con Jason Reagert para siempre.

Pero antes tenía que superar su noche de bodas.

Jason tenía un montón de trabajo esperándolo en su ordenador portátil, colocado junto a su asiento en el avión. Normalmente aprovechaba las horas de vuelo para resolver asuntos pendientes, una vez que el piloto daba permiso para usar los aparatos electrónicos.

Pero aquella noche no tenía el menor interés por la ingente cantidad de ficheros que aguardaba en el disco duro.

Se cambió de postura en el cómodo asiento de

cuero y observó a su novia, que hablaba por el teléfono del avión reclinada en su asiento. Acababa de contarle a su padre la precipitada boda en Las Vegas, y le había hecho jurar que no le diría a Jacqueline que había sido el primero en recibir la noticia.

El avión monomotor ofrecía espacio suficiente para caminar por la cabina. También constaba de una pequeña cocina, pero para dormir no disponía de otra cosa que los asientos reclinables. Tal vez no fuera una noche de bodas tradicional, pero a Jason le habría gustado compartir una suite nupcial con Lauren.

Su mujer. El corazón le dio un brinco al pensar en esa palabra. Ella volvió a marcar un número y se pegó el teléfono a la oreja mientras se ajustaba los pliegues del vestido.

–Hola, mamá... Siento molestarte a estas horas, pero tengo algo muy importante que contarte –miró brevemente a Jason y él vio las marcas de cansancio alrededor de sus ojos–. ¿Te acuerdas de Jason Reagert? Eso es, lo conociste en mi casa la semana pasada. Bueno, pues... ahora es más que un amigo. Acabamos de casarnos en Las Vegas.

Jason se tocó el sencillo anillo de oro que llevaba en el dedo. Se lo habían proporcionado en la misma capilla en el último minuto, y al verlo no se imaginaba que pesara tanto.

–Sí, mamá –siguió hablando Lauren–. Ya sé que te habría gustado asistir, pero no podíamos esperar más tiempo, porque... estamos esperando un hijo.

El chillido de su madre se oyó en todo el avión, seguido de un parloteo incomprensible. Lauren volvió a mirar a Jason y puso una mueca.

–Faltan menos de cinco meses... No, aún no sé si es niño o niña... ¿Luna de miel, dices? Jason y yo tenemos mucho trabajo... Mamá, eso que dices no... –suspiró y cerró los ojos, mientras la voz de su madre se hacía cada vez más fuerte.

Jason le quitó el teléfono de la mano. Lauren ahogó un gemido de sorpresa, pero él estaba decidido a hacerse cargo del asunto.

–¿Jacqueline? Soy tu nuevo yerno, Jason, y estoy a punto de cumplir con mis derechos maritales. Eso significa que vamos a apagar el teléfono hasta mañana al mediodía, por lo menos.

–Espera un momen... –empezó a protestar Jacqueline, pero Jason no la dejó acabar.

–Buenas noches, Jacqueline –se despidió y apagó el teléfono.

–Vaya –murmuró Lauren, maravillada–. No sé cómo agradecértelo. Yo no habría sabido hacerlo tan fácil.

–¿Te encuentras bien?

Ella le dedicó una sonrisa temblorosa.

–Al menos, ahora tengo una preocupación menos.

–¿Pero estás bien? –insistió él.

–Claro –se enderezó en el asiento con tanto esfuerzo que Jason tuvo que refrenarse para no tirar de ella hacia él. Quería protegerla, pero Lauren no parecía muy dispuesta.

–¿Cuál es el problema?

–No sé a qué te refieres –dijo ella, evitando mirarlo a los ojos.

–Es evidente que la llamada te ha afectado –le puso un dedo bajo la barbilla para obligarla a mirarlo–. Ya me he dado cuenta de que tu madre puede ser muy difícil, pero creo que me ocultas algo.

–Supongo que lo mejor será decírtelo, ya que de un modo u otro acabarás sabiéndolo –se aferró con fuerza a los reposabrazos–. A mi madre le diagnosticaron un trastorno bipolar cuando tenía veintidós años.

Por unos segundos Jason no supo qué responder. No era lo que se había esperado.

–Lo siento mucho. Nunca me lo habías dicho...

Ella giró la cabeza para mirarlo con expresión irónica.

–No es la clase de cosas que se digan en el trabajo o mientras se toma una copa... «Eh, ¿sabes qué? Mi madre es maniaco-depresiva».

Jason se preguntó qué habría pasado si se hubiera preocupado de hablar más con ella y de escucharla. ¿Habrían llegado a un nivel de confianza suficiente para que Lauren compartiera esa información con él? No tenía modo de saberlo, puesto que había hecho falta un matrimonio de conveniencia para que se abriera.

Tal vez no se hubiera interesado lo suficiente por su vida personal en el pasado, pero de ninguna manera iba a cometer el mismo error.

–¿Has dicho que se lo diagnosticaron a los veintidós años?

–Lleva un tiempo descuidando su tratamiento –sólo lo seguía cuando su marido la presionaba o cuando su hija se lo rogaba–. Cuando yo era niña pasaba por buenas temporadas, pero hace dos años decidió que no quería recibir más terapia ni medicación –mientras hablaba no dejaba de estirarse el vestido–. No pienses que me estoy quejando. Es difícil crecer con una madre que sufre esos cambios de humor, desde luego, pero me gusta creer que eso me ha hecho más fuerte.

Jason respetaba su manera de intentar verle el lado bueno a las cosas, pero sospechaba que Lauren lo hacía para que nadie advirtiera hasta qué punto necesitaba ayuda.

–Aun así, debió de ser muy duro crecer sin ningún tipo de seguridad.

Ella arrancó un hilo del bajo del vestido y se mordió el labio.

–Temía volverme como ella. Mi madre no acepta que tiene un problema, por lo que pensé que a mí quizá me pasara lo mismo. Visité a muchos psiquiatras y especialistas para que me examinaran.

–¿Y qué te dijeron?

Ella dudó un momento y le sonrió.

–No parece que vayas a salir corriendo.

–No sería muy aconsejable, estando en un avión.

Gracias a Dios, consiguió que se echara a reír. Y su risa lo excitó tanto como el suave tacto de sus manos. Todo en ella lo excitaba, pero no se permitiría que el deseo lo distrajera. Los ojos de Lauren le decían que en esos momentos necesitaba otra cosa, y él estaba dispuesto a dárselo.

–Lauren…. –midió sus palabras con el mismo cuidado que si estuviera negociando un trato multimillonario–, he trabajado contigo durante más de un año y no he visto nada fuera de lo normal. Puede que no sea psiquiatra, pero te conozco lo bastante para saber que, si tuvieras algún problema, harías todo lo posible para solucionarlo.

Vio que ella tragaba saliva y que intentaba contener las lágrimas.

–Te lo agradezco, y yo también intento creérmelo. Peo cuando la gente se entera de la enfermedad de mi madre me siento como si me mirasen de otra manera, como si no tomaran en serio mis sentimientos porque…

–Eh… –le agarró la mano, incapaz de resistir el impulso de tocarla–, yo te tomo en serio.

Y lo decía de verdad, tanto personal como profesionalmente. Confiaba en el buen juicio de Lauren, y tras un año tratando con ella podía dar fe de su estabilidad mental. Más aún, se preguntaba cómo podría traspasar esa infranqueable barrera de estoicismo.

–Gracias –entrelazó los dedos con los suyos y le apretó la mano. El anillo de compromiso y la alianza matrimonial brillaron bajo la tenue luz del techo–. Hasta el momento los médicos no han encontrado ningún síntoma de trastorno bipolar. Normalmente aparece en la adolescencia y en la veintena. Sé que no hay ninguna garantía, pero no me oirás quejarme de cumplir los treinta.

–Debió de ser un alivio.

–No te imaginas cuánto –curvó la mano sobre

el vientre–. Aunque ahora vuelvo a estar preocupada. ¿Y si le he pasado los genes a nuestro hijo?

Jason se hizo la misma pregunta. Apenas había asimilado que tenía un hijo en camino. Hasta el momento, sólo se había concentrado en asegurar el futuro del bebé, en llevar a Lauren a California y en evitar problemas en sus respectivos trabajos. Había demasiados aspectos en la vida de su hijo para preocuparse. Y algunas cosas escapaban por completo a su control. Debía concentrar sus energías en aquéllas que sí podía controlar.

–Ambos somos conscientes de esa posibilidad. Si se diera el caso, le daríamos a nuestro hijo toda la ayuda que necesitara –le apretó la mano y le gustó comprobar como se le aceleraba el pulso–. En mi familia abundan los diabéticos y tengo una hermana disléxica. Ninguna familia tiene un historial médico perfecto.

Una lágrima resbaló por la mejilla de Lauren.

–¿Cómo puedes ser tan lógico y al mismo tiempo tan dulce?

–¿Dulce? Esa palabra es nueva para mí.

–Te lo digo en serio –insistió ella. Se soltó de su mano y le sujetó el rostro con las dos suyas–. Has dicho lo mejor que podías decir, y además lo has dicho con sinceridad.

–Esta mañana me dijiste que soy un publicista consumado que no dudaría en mentir para vender el producto –le recordó él, aunque no sabía por qué.

¿Qué razón tenía para prevenirla cuando Lauren estaba viendo finalmente algo bueno en él? ¿Desde cuándo le gustaba echar piedras sobre su propio tejado?

Y entonces supo la respuesta: Lauren era demasiado importante para él y lo menos que se merecía era que fuera sincero. ¿Sería posible que él quisiera algo más que una noche de bodas?

Ella le acarició ligeramente la cara.

–Quizá estoy empezando a confiar en mi instinto, y mi instinto me dice que eres un buen hombre –le dijo, antes de besarlo brevemente en los labios. No era una invitación para acostarse con ella, sino un paso en la dirección correcta–. Buenas noches, Jason –le susurró. Volvió a acomodarse en su asiento, cerró los ojos y se quedó dormida al momento.

Él, en cambio, no podría estar más despierto. Se ajustó los pantalones para intentar aliviar la erección, aunque no le sirvió de nada. Y de todos modos, lo aguardaba otro reto mucho más difícil. Había estado tan obsesionado con casarse con Lauren y llevársela a la cama que no se había percatado del verdadero desafío.

Conseguir que se quedara a su lado.

Capítulo Siete

Lauren se sentó en el borde de la cama, sola en su noche de bodas. O en lo poco que quedaba de esa noche. Cuando aterrizaron y llegaron a casa de Jason, el sol empezaba a asomar sobre el horizonte. A Lauren le habría gustado contemplar el amanecer con él, pero Jason ya se estaba duchando para irse a la oficina. Según él, tenía que asistir a una reunión muy importante pero volvería temprano a casa. Ella le había asegurado que también tenía mucho trabajo pendiente.

Una noche de bodas muy peculiar. Tanto como la luna de miel. Pero ninguno de los dos podía perder tiempo. Ambos luchaban por ascender en sus respectivas carreras, y sería absurdo pretender otra cosa.

Estaba demasiado nerviosa para dormir, de modo que se quitó los zapatos y salió al pasillo. No se atrevió a acercarse al cuarto de baño donde Jason se estaba duchando, pues no estaba segura de poder resistir la tentación de deslizarse bajo el agua con él.

Todo lo que había visto de aquella casa era de primera calidad, desde la cocina a los tres cuartos de baño, pasando por el dormitorio principal provisto de su propio salón. Aún no había visto las otras habitaciones, pero sin duda serían igualmente lujosas.

Abrió la puerta de la habitación contigua al dormitorio principal. Estaba completamente vacía, salvo por algunas cajas en el suelo de parqué, y sus preciosas vistas la convertirían en una estupenda habitación de invitados.

La siguiente también estaba vacía, pero su techo abovedado llamaba a sus dedos a crear una pequeña Capilla Sixtina para niños. Tragó saliva y cerró la puerta tras ella.

Sólo quedaba una habitación por ver. Abrió la puerta y se encontró con algunos muebles. No muchos. Tan sólo una mesa de cerezo con un ordenador, una impresora y un fax. Una maraña de cables conectaba los aparatos a una regleta en el suelo.

En la pantalla del ordenador aparecía una imagen marítima. Jason le había comentado sus preferencias por vivir cerca de los lugares de ocio, pero lo único que se veía en aquella casa eran trajes de negocios y material de trabajo. Lauren entendía la satisfacción que podía reportar el trabajo, pero una parte de ella ansiaba llenar la casa y la vida de Jason con algo más. Con muebles, con flores, con mañanas compartidas viendo amanecer desde la cama.

Los rayos de sol entraban a través de las cortinas. Necesitaba dormir, si no por ella al menos por el bebé. Se giró sobre sus talones... y se detuvo en seco al ver un cuadro en la pared. Parpadeó un par de veces y se acercó a la imagen enmarcada, sintiendo que se le formaba un nudo en el estómago. No podía ser...

Era el dibujo a tinta de un velero que ella había creado para la campaña publicitaria de una colonia.

Recorrió los trazos de la imagen con una mano temblorosa y recordó cómo Jason se había marchado de su despacho en Nueva York, sin discutir, sin insistir, sin volver a llamarla en cuatro meses... Sí, ella le había dicho que se fuera. Lo había echado de su vida. Y sin embargo...

¿Sería posible que hubiera seguido pensando en ella, igual que ella no había dejado de soñar con él?

Horas después, en la sala de juntas de Maddox Communications, Jason seguía pensando en una manera para mantener a Lauren en San Francisco. Girándose de un lado para otro en el sillón rojo, hacía rodar el bolígrafo sobre la mesa oval.

Su compañero Gavin Spencer miró el bolígrafo y arqueó una ceja.

Jason se detuvo de inmediato y se reprendió a sí mismo. Se sentía como un crío impaciente por salir del colegio. Sólo quería regresar a casa con su nueva esposa, y en vez de eso tenía que soportar una interminable reunión en la enorme sala de juntas, cuyas paredes acristaladas se oscurecían al pulsar un botón. Una pared hacía las veces de inmensa pantalla para la presentación en PowerPoint.

Brock mostró la última imagen y se giró hacia la mesa.

–Eso es todo por ahora –concluyó, antes de dirigirse a su ayudante, Elle Linton–. ¿Te ocuparás de facilitarles a todos los detalles de la presentación?

–Por supuesto, señor Maddox –respondió la eficiente secretaria.

Brock pulsó el botón para que las paredes opacas volvieran a ser transparentes.

–¿Jason?

Jason se obligó a prestarle atención y rezó para que no le preguntara nada sobre la última diapositiva.

–¿Sí?

–Permíteme que sea el primero en felicitarte por tu boda. En nombre de todos los que formamos Maddox Communications, te deseamos a ti y a Lauren una vida larga y dichosa en común –empezó a aplaudir y todos los demás lo imitaron.

Flynn se levantó al cesar la ovación.

–Todos estamos deseando conocer mejor a tu novia en la cena de la empresa.

–Por supuesto. Allí estaremos.

Sería una fiesta más formal que las reuniones en el Rosa Lounge a la que asistirían las esposas de los empleados. Se rumoreaba que la esposa de Flynn lo había abandonado por la obsesiva dedicación de su marido al trabajo.

Jason movió el cuello de un lado a otro. No sabía cómo se podía compaginar la vida laboral con la personal, especialmente en el mercado actual, tan despiadado y competitivo. El éxito cobraba un nuevo significado para él ahora que tenía una esposa y un hijo en camino.

Gavin le dio una palmada en el hombro.

–¿Qué haces todavía aquí? ¿No deberías estar con tu mujer?

–No vayas a mirar mis informes mientras estoy fuera –respondió Jason, medio en broma, medio en serio.

–Jamás se me ocurriría –le aseguró Gavin, aunque su expresión decía todo lo contrario. Al fin y al cabo, era ese carácter competitivo lo que mantenía a Maddox Communications en la cresta de la ola.

Jason se giró en el sillón para apartarse de la mesa, impaciente por ponerse en marcha. Normalmente ni se le pasaría por la cabeza ausentarse del trabajo, pero tomarse la tarde libre el día después de su boda tampoco le parecía tan descabellado. En realidad, lo extraño sería no hacerlo. No en vano, su objetivo era conseguir que Lauren y el bebé se quedaran en San Francisco y, para ello, tenía que hacer algunos cambios en su vida.

–Hoy me marcho antes –anunció–. Lauren y yo estamos planeando la luna de miel para más adelante. Ella entiende que lo primero es culminar la operación con Prentice, y de hecho está deseando conocerlo en la fiesta.

Brock lo miró con ojos entornados.

–Quizá tengamos ocasión de conocer a tu mujer en un ambiente más informal… en el Rosa Lounge, tal vez, para tomar una copa después del trabajo cualquier día de esta semana.

–Hablaré con Lauren y te lo haré saber.

Brock asintió brevemente.

–Parece que has conseguido una buena joya… y encima es una mujer de negocios.

–Gracias. Lauren es una mujer muy especial, y le estoy muy agradecido por haber venido conmigo a California. No podemos olvidar que tiene su propia empresa en la Costa Este.

Le había prometido a Lauren que podría volver a su vida en Nueva York en dos semanas, pero no estaba dispuesto a renunciar a ella tan fácilmente.

¿A ella?

No se trataba de ella, sino de su hijo. De ser un padre de verdad, algo que su propio padre jamás fue para él ni para su hermana. De… Se sacudió mentalmente. No podía seguir engañándose a sí mismo. Quería que Lauren se quedara en San Francisco. Quería compartir con ella no sólo su cama, sino también su vida. Le parecía la compañía perfecta, y ya habían demostrado que podían ser amigos y compañeros de trabajo.

Y también amantes.

El lugar de Lauren estaba en California. Él podía ayudarla con su trabajo, con su familia y con todo lo que se pusiera por delante. En San Francisco podían tenerlo todo. Lo único que debía hacer era convencerla.

Bien pensado, tampoco debería ser tan difícil. Ella también sentía que había química entre los dos. De manera que él emplearía todos sus esfuerzos en seducirla y en hacerle ver que podían vivir los tres juntos como una familia, en vez de pensar únicamente en acostarse con ella. La pasión tendría que esperar. El sexo debía dejar su lugar al romanticismo.

Lauren se anudó fuertemente la bata mientras salía al pasillo. La cena con Jason la había dejado con los nervios a flor de piel. Habían encargado comida latina, exquisita, y sus piernas se habían rozado junto a la isla de la cocina. Se había dado una ducha con la esperanza de aliviar la tensión, pero no le había servido de mucho. Ella tenía la culpa, por pasarse todo el rato que estuvo bajo el agua imaginándose que Jason se sentaba frente a ella y la invitaba a sentarse en su regazo.

Un hilillo de agua le resbalaba entre los pechos, pesados y doloridos por el deseo. Se detuvo bajo el arco del salón y vio un fuego crepitando alegremente en la chimenea. Jason estaba arrodillado frente a las llamas, avivando el fuego con un atizador. Los vaqueros se ceñían a sus esbeltas caderas y poderosos muslos, acuciando a explorar con los dedos su fuerza viril. El fuego que ardía en la chimenea y entre las piernas de Lauren la hizo avanzar, sintiendo el frío del parqué bajo sus pies descalzos.

Jason se levantó, manteniéndose de espaldas a ella, y sacó un edredón a rayas de una caja. Acto seguido, lo extendió en el suelo frente a la chimenea.

–¿Finalmente has optado por dormir en el suelo en vez de hacerlo en el sillón?

Él le sonrió por encima del hombro.

–Parecías estar muy despejada durante la cena, y pensé que a lo mejor te apetecería charlar un poco.

–¿Charlar? ¿Quieres charlar?

–Claro. ¿Por qué no?

El recuerdo del dibujo del velero que Jason tenía en su despacho le dio el valor necesario para adentrarse en el ambiente romántico que él había preparado. En un rincón estaba la misma bandeja negra en la que le había llevado el desayuno a la cama, pero esa vez contenía algunos utensilios de cocina y vasos de…

–Zumo de uva –dijo él–. No quería que renunciaras a las uvas, ya que aún habrá que esperar unos meses para disfrutar del exquisito vino de California.

Lauren se envolvió las rodillas con la bata y se sentó en el edredón.

–¿Cómo ha ido el trabajo? ¿Te acosaron a preguntas sobre la boda en Las Vegas?

–Es lógico que sintieran curiosidad. Y también he recibido muchas felicitaciones –centró de nuevo su atención en la chimenea–. Todo el mundo quiere conocerte, como es natural. Este fin de semana hay una fiesta para celebrar el acuerdo con Prentice.

–Y yo estaré allí, por supuesto. Para eso nos hemos casado, ¿no?

Jason atizó un poco más el fuego y guardó un largo silencio.

–La gente de la oficina también va de vez en

cuando a tomar una copa después del trabajo. No tenemos por qué ir esta semana si no quieres. Sé que te pasas todo el día trabajando y que quizá no te apetezca.

–Lo único que puedo tomar es agua con lima, pero no tengo ningún problema en relacionarme con la gente de Maddox Communications –salvo con Celia. Si lo pensaba bien, podría ser una situación muy incómoda. De repente, se le quitaron todas las ganas de hablar del trabajo–. Parece que te sientes muy cómodo en una casa vacía... Lo único que está amueblado es tu despacho –lo miró por el rabillo del ojo en busca de alguna reacción.

–Me traje algunas cosas de Nueva York –hizo un gesto con la barbilla hacia las cajas–. Mantas, cosas de cocina, ropa y algunos libros.

–¿Y la mesa del ordenador? –preguntó, pensando en el dibujo enmarcado.

–También –hundió una mano en el edredón–. Y éste es el mismo edredón que usaba en Nueva York.

–Y supongo que hasta ahora no lo habías sacado de la caja gracias al suave clima de San Francisco.

–Exacto. Aquí no hace tanto frío como en Nueva York.

–Pero sí lo bastante para encender un fuego esta noche –se giró para aspirar el olor a auténtica leña quemada, muy distinto del de las chimeneas de gas.

–No tanto como para no poder salir al jardín –se arremangó la camisa mientras la habitación se caldeaba–. Me preguntaba si querrías echarles un vistazo a los parterres y dar alguna sugerencia.

Una imagen empezó a formarse rápidamente en su cabeza. Parras colgando de una pérgola que conducía a un jacuzzi al aire libre… Pero aquélla no era su casa. No se quedaría allí, y sería muy doloroso dejarlo todo atrás cuando volviera a Nueva York.

–¿No sería mejor contratar a un jardinero?

–Prefiero que sea mi mujer la que trace el plan con su talento artístico y que un jardinero lo lleve a cabo. Pero sólo si tienes tiempo, claro –se movió para colocarse en su ángulo de visión–. Te lo digo en serio. Que no parezca que te estoy imponiendo nada.

Tal vez Lauren se arrepentiría de ello más tarde, pero…

–Está bien. Echaré un vistazo y haré algunos bocetos –se miró los anillos de boda–. Será divertido pensar en cosas con las que el bebé pueda disfrutar cuando vengamos de visita.

–Genial –dijo él con una sonrisa. Su sonrisa sería otra cosa que echaría terriblemente de menos, pensó ella–. Y hablando del bebé, también he traído algo de comer para acompañar al zumo de uva, por si tienes hambre –le mostró una bolsa de la compra.

–Siempre tengo hambre a estas horas –el bebé se movió en su interior, como si se estuviera anticipando al contenido de la bolsa.

–Me alegro de que te sientas mejor –dijo él, y empezó a sacar galletas Graham, malvaviscos…

Y bombones Godiva.

A Lauren se le hizo la boca agua.

–¿Vamos a hacer sándwiches de chocolate?

–A menos que seas una remilgada... –se apretó la caja de color dorado contra el pecho–. Me los puedo comer yo todos.

–Atrévete y será lo último que hagas –Lauren le arrebató la caja, cortó la cinta y se llevó una trufa a la boca–. Mmm...

Jason sonrió con picardía.

–Voy a suponer que sí quieres un sándwich...

–O tres –dijo ella, encantada con aquella especie de picnic improvisado. Nunca había tenido la suerte de tomar bombones Godiva cuando iba de acampada siendo una Girl Scout.

Se sentó con las piernas cruzadas en el edredón y se apoyó contra una caja. El fuego la calentaba tanto como el ambiente sensual y romántico. Jason preparó el sándwich y lo colocó en una pala para tostarlo al fuego. Parecía saber en todo momento lo que ella necesitaba, y eso le tocaba la fibra más sensible de su ser. Siempre se había enorgullecido de ser una mujer independiente, pero con sus recursos no podía permitirse un lujo como los bombones Godiva.

Por mucho que creyera conocer a Jason, él no dejaba de sorprenderla.

–Gracias otra vez... por todo.

Él la miró por encima del hombro.

–Espera a probarlo para darme las gracias.

–No me refería solamente al sándwich, sino también a todo lo demás. Y especialmente a lo comprensivo que te mostraste con el problema de mi madre.

–Lamento que su llamada te afectara tanto –el fuego iluminaba la preocupación en sus ojos marrones–. Ojalá pudiera hacer algo.

–No te preocupes. Ya no necesito su aprobación para nada.

–Pero aún tiene la capacidad de hacerte daño –observó él.

–Supongo que una parte de nosotros siempre querrá ver nuestros dibujos pegados al frigorífico de mamá. El problema es que mi madre sólo quiere que yo pinte sus sueños –soltó una amarga carcajada–. Aunque sus sueños pueden ser muy ambiciosos.

–Es bueno tener ambiciones –sirvió el sándwich caliente en un plato y se lo ofreció. El chocolate y los malvaviscos se derretían tentadoramente por los lados.

–Lo de mi madre es más que ambición –replicó ella, aceptando el plato con una sonrisa–. Son fantasías. A los dos días de meterme en clases de baile ya estaba haciendo planes para Broadway. Un simple chapuzón en la piscina y ya estaba hablando de los Juegos Olímpicos.

–Eso es mucha presión para una niña.

–No sólo era así conmigo, sino también consigo misma –mojó el dedo en la suculenta sustancia dulce que chorreaba por los bordes–. Según ella, su matrimonio y yo le impedimos que pudiera llevar su arte a París.

–¿Tu madre es artista?

Ella asintió.

–Tiene un talento asombroso, pero es tan arrogante que, para ella, yo no soy más que una fracasada.

Se llevó el dedo a la boca y lamió la mezcla de chocolate y malvavisco mientras veía cómo Jason se desabrochaba el cuello de la camisa. Después del sufrimiento que había supuesto ducharse en solitario, se sentía invadida por una oleada de placer y esperanza. La mirada de Jason la hacía sentirse muy sexy y deseada. ¿Y a qué mujer embarazada no le gustaría sentirse así?

–Quizá no le falte algo de razón, después de que mi contable se fugara con mi dinero a una isla –añadió.

Le dio un bocado al sándwich y soltó un gemido de placer. ¿O tal vez era Jason quien había gemido?

–Esas cosas ocurren –dijo él–. Pero lo estás superando muy bien –se cambió de postura sobre el edredón, y a Lauren no se le pasó por alto el bulto de su entrepierna.

–A veces examino atentamente todos mis movimientos, en busca de los fallos que haya podido cometer –devolvió el sándwich al plato–. ¿Y tus padres? ¿Los has llamado ya?

–No hablo con mis padres –respondió él, preparando otro sándwich.

–Eso es muy triste.

–¿Por qué? ¿No te gustaría librarte de esas conversaciones con tu madre?

Por mucho daño que su madre le hiciera, Lauren no podía imaginarse echándola de su vida por completo. Y se preguntó cuál sería la causa de separación entre Jason y su familia.

–A pesar de todo, sigue siendo mi madre –dijo, aunque tenía que admitir que la distancia geográfica le quitaba un poco de presión.

–Eres una persona muy indulgente... salvo cuando se trata de mí.

Lauren recordó la escena en el despacho de Jason y puso una mueca.

–¿No me dijiste que no habías hecho nada con Celia?

–Me refiero a la forma que tuve de afrontar la situación hace cuatro meses –apartó los utensilios y se acercó a ella–. Tendría que haber perdido el maldito vuelo y haberme quedado a hablar contigo.

–Te dije que te marcharas.

Jason le acarició el pelo y la mejilla.

–Y yo tendría que haberte preguntado si lo decías en serio.

–En aquel momento, sí.

Había tenido tanto miedo por lo descontrolada que podía sentirse entre sus brazos que lo había echado lo más rápidamente posible, y había creído que él lo sentía de igual manera.

Sólo habían podido derribar las barreras que se interponían entre ellos cuando ambos tuvieron la certeza de que uno de los dos se marcharía.

–¿Y ahora, Lauren?

Ahora no podía volver a echarlo de su vida. Eso lo sabía.

–Estamos unidos para siempre a través del bebé.

De repente, todo le pareció demasiado intenso. El aire, el fuego, el olor de Jason, la conversación íntima... Necesitaba aire.

Se echó hacia atrás y sacó una copia de una ecografía del bolsillo de la bata.

–He traído algo para enseñarte.

Jason miró la ecografía con expresión sobrecogida.

–¿Es nuestro bebé?

Ella asintió, reprimiendo las lágrimas que le escocían en la garganta. Podía ganarles una batalla a las malditas hormonas.

–¿Sabes si es niño o niña? –le preguntó él, pasando el dedo por el borde de la imagen.

–No supieron decírmelo, pero el médico dijo que podrán saberlo en la próxima ecografía. ¿Estás impaciente por saberlo?

–Me da igual lo que sea –la miró a los ojos con una intensidad más embriagadora que cualquier afrodisíaco–. Lo único que necesito saber es que los dos estáis bien.

Deslizó la mano despacio desde su cintura y le frotó el trasero. Su tacto y suavidad le aliviaron el dolor muscular, pero le provocaron otra clase de dolor. Las llamas crepitaban en la chimenea, y en su interior se propagaba un fuego descontrolado. Todo lo que Jason había dicho y hecho aquella noche la hacía replantearse su decisión de volver a Nueva York. Una parte de ella empezaba a acariciar la idea de renunciar a todo lo que tanto le había costado conseguir a cambio de tener una oportunidad con él…

Volvió a apartarse e intentó recuperar los restos de su autocontrol.

–El bebé y yo estamos bien. No tienes que preocuparte por nada –agarró el sándwich y se levantó–. Gracias otra vez, pero tengo que irme a dormir.

Él la dejó marchar con una suave risa la acompañó mientras subía por la escalera. Maldito fuera por preparar una velada perfecta y provocarla con un atisbo de lo que podrían compartir si ella se quedaba en San Francisco.

Capítulo Ocho

El Rosa Lounge no era lo que Lauren se había esperado. Sabía que se trataba de un bar, pero se imaginaba un local para intelectuales al estilo de los exclusivos clubes de Nueva York. Para su sorpresa, se encontró con el típico ambiente retro de San Francisco.

Música a todo volumen, focos de luz rosada y mobiliario blanco y negro cuyos contrastes visuales cautivaron a la artista que había en ella.

La comida tampoco se quedaba atrás, y se deleitó mojando los bocaditos de queso gratinado en salsa de tomate. Las náuseas ya eran cosa del pasado y parecía que su apetito intentaba recuperar el tiempo perdido. Sin embargo, nada podría superar los sándwiches de bombones Godiva con Jason.

Nada estaba resultando ser como había esperado. ¿Se atrevería a correr más riesgos lanzándose a una aventura con Jason? La idea le parecía descabellada, estando embarazada de su hijo, pero no se le ocurría otra manera para sacárselo de la cabeza.

Una mano se posó ligeramente en su hombro, sacándola de sus divagaciones.

–¿Sí?

–Hola –la saludó una mujer delgada y castaña, tendiéndole cordialmente la mano–. Soy Elle Linton, la ayudante de Brock.

–Lauren Presley... eh, Lauren Reagert, quiero decir. Aún no me he acostumbrado al nombre.

–Es natural –dijo Elle con una sonrisa comprensiva–. Las bodas express apenas te dejan tiempo para acostumbrarte a los cambios.

Una boda express de la que todo el mundo se había enterado gracias al arrebato de celos de Lauren. Recorrió el bar con la mirada y vio a Celia en el otro extremo del local, lo más lejos posible de ella.

–Jason y yo nos conocemos desde hace un año.

–Disculpa si te he ofendido con mi comentario. No pretendía insinuar nada –sus ojos azules brillaban de sinceridad y también de curiosidad–. Pero todos nos preguntamos por la mujer que ha conseguido conquistar a Jason Reagert.

A Lauren se le volvió a acelerar el pulso.

–¿Lo dices porque Celia Taylor le estaba tirando los tejos el otro día?

–Vaya... –exclamó Elle con los ojos muy abiertos–, sí que sabes hablar claro, Lauren.

–A menos que me equivoque, todos en la oficina sabéis lo que pasó. Ya sé que me puse un poco histérica, pero... me temo que siempre saco las uñas cuando otra mujer se atreve a acercarse a mi hombre.

Nada más decirlo puso una mueca. Y lo peor era que lo había dicho en serio. Volvió a mirar a Celia. La deslumbrante pelirroja le sonrió forzadamente al hombre que intentaba ligar con ella y luego miró hacia la puerta. Era obvio que no quería estar allí, pero no sabía cómo escapar.

–Lauren... –Elle le puso la mano en el brazo y la apartó para dejar pasar a un camarero con una bandeja–, nadie te culpa por tu reacción. Celia es muy guapa, y no son pocos los que piensan que se ha valido de su cuerpo para llegar a donde está.

A Lauren no le gustó nada compadecerse de Celia, pero no lo pudo evitar. Sabía lo difícil que era ascender en el mundo de los negocios sin provocar esa clase de rumores.

–Eso es muy ofensivo.

–A menos que sea cierto. Sólo te digo que aquí la gente es muy competitiva. Ten cuidado.

Lauren miró a Elle y vio que buscaba a su jefe con la mirada. ¿Podría ser que ella también tuviera celos? En cualquier caso, Elle tenía razón: debía andarse con cuidado, especialmente con la mano derecha de Brock.

Y sobre todo con un gran secreto que ocultar bajo la farsa de un matrimonio.

–Gracias por la advertencia, Elle. Es un detalle que te preocupes por mí, y seguro que Jason también lo apreciará.

–No hay de qué. Considérame la mediadora oficial.

–Hola, señoritas –las saludó Jason, apareciendo detrás de Lauren–. ¿Les apetece otra copa?

Lauren pudo oler su loción de afeitado mezclada con su incomparable olor corporal antes de que hubiera anunciado su presencia.

–A mí no, gracias.

–A mí tampoco –dijo Elle, levantando su Martini en un brindis.

Jason abrazó a Lauren por la cintura.

–¿Lo estáis pasando bien?

Lauren echó la cabeza hacia atrás para mirarlo.

–Elle me estaba poniendo al corriente de lo que pasa en la oficina...

–Muy propio de ella –dijo Jason con una sonrisa.

La aludida se echó a reír y miró el sándwich de Lauren.

–Voy a pedirme uno de ésos. Ha sido un placer hablar contigo.

Una vez que Elle se marchó, Lauren se giró en los brazos de Jason, con cuidado de no volcar el plato de comida.

–Creo que todo está saliendo bien.

–Mejor que bien. Ya has cumplido con creces con tu papel por esta noche. Ahora toca relajarse un poco –le quitó el plato y lo dejó en una mesa cercana–. ¿Quieres sentarte, comer, bailar...?

Lauren a punto estuvo de elegir la comida, pero el calor de las manos de Jason le despertó un deseo aún más fuerte. Quería estar en sus brazos. ¿Y qué mejor manera de poner a prueba sus deseos que sacarlos a la pista de baile?

Al fin y al cabo, ¿qué podía pasar?

Tres canciones después, Jason estrechó a Lauren entre sus brazos al tiempo que una canción lenta empezaba a sonar por los altavoces. Ella se puso rígida por un instante fugaz, antes de apretarse contra él con un suspiro. Una capa de sudor añadía un brillo adicional a su piel, y el olor almizclado le hizo pensar a Jason en el sexo. No era tan extraño, pues siempre pensaba en sexo cuando veía a Lauren. Era la tentación personificada.

El baile ofrecía la oportunidad perfecta para seguir adelante con su plan sin parecer demasiado impaciente. Quería acostarse con ella, pero esa vez sin remordimientos.

–Gracias por estar tan fabulosa esta noche –le dijo, apoyando la frente contra la suya.

–Sólo estoy cumpliendo con mi parte del trato –respondió ella. Sus piernas le rozaban las suyas y sus pechos se apretaban contra su torso. Tal vez no hubiera sido buena idea sacarla a bailar, pero…

–Eres increíble, y no sólo en un ambiente de trabajo, ¿lo sabías? –se movió lo justo para rozarle la boca con la suya y prolongar el contacto de sus labios. No duró lo bastante para provocar algo más, pero sí lo suficiente para que ella se derritiera contra él al tiempo que crecía su erección. Los labios de Lauren sabían a lima y queso fundido, y Jason no quería detenerse.

Una pareja los empujó un poco y no tuvo más remedio que apartar la cabeza. Lauren lo miró con los ojos medio cerrados.

–¿Intentas seducirme? –le preguntó con voz ronca y sensual, respirando agitadamente.

Él bajó las manos a su cintura y se detuvo allí, aunque sus dedos ansiaban seguir explorando.

–Sólo ha sido un beso.

–¿Eso crees? ¿Sólo te ha parecido un simple beso?

Sus palabras avivaron la adrenalina que le recorría las venas.

–Me lo tomaré como un halago.

Ella se puso colorada y le dio un ligero manotazo en el pecho.

–Sabes muy bien lo que me estabas haciendo…

–Te ha gustado el beso –afirmó él.

–Eso es evidente –se contoneó contra él–. Mi cuerpo te responde por sí solo. Así que dime, ¿intentas seducirme?

Lo que resultaba evidente, por desgracia, era que no podía seguir así. Necesitaba un acercamiento más sutil y romántico.

–¿Quién ha dicho que un beso tenga que llevar necesariamente a la cama? –ella parpadeó con asombro–. ¿Qué? –la sacó de la pista de baile, lejos de los altavoces–. ¿No estás de acuerdo?

–No he dicho eso –se apresuró a aclarar ella–. Simplemente, esperaba otra cosa de ti. Al fin y al cabo, eres un hombre.

–De eso puedes estar segura.

–Ya lo sé –movió ligeramente las caderas contra su erección.

–Me gusta besarte –murmuró él, rozándole provocativamente los labios. Además de placer también le provocaba un sufrimiento casi insoportable, pero eso no iba a decírselo.

El gerente de la empresa, Ash, pasó junto a ellos para bailar con su novia, una estudiante de Derecho. ¿Había olvidado Ash que tan sólo tres

semanas antes, allí mismo, en el Rosa Lounge, él y Jason se habían declarado solteros consumados? Aunque en el caso de Ash ya tenía un matrimonio fallido a sus espaldas.

Jason se tocó la alianza y se recordó la importancia de tener paciencia. Si quería que Lauren se quedara en San Francisco tenía que actuar con delicadeza. Ya habían probado el sexo sin más y la cosa no acabó muy bien para él.

No cometería el mismo fallo dos veces.

–¿Quieres que subamos a Twin Peaks para disfrutar de una romántica vista de la ciudad? –le susurró a Lauren al oído–. Te prometo que no intentaré sobrepasarme en nuestra primera cita.

Ella respondió con una carcajada.

–Puede que no te hayas dado cuenta, pero tú y yo ya nos sobrepasamos una vez.

–Te aseguro que no lo he olvidado –esa vez quería mucho más, y para ello debía ceñirse a su plan–. Supongo que eso descarta que podamos enrollarnos esta noche. Qué lástima...

Lauren lo miró con el ceño fruncido.

–Estás muy raro esta noche, Jason. No sé qué quieres ni qué...

–Shhh –la hizo callar con un dedo en los labios–. No te he pedido que nos acostemos. Soy publicista, ¿recuerdas? Tienes que prestar atención a mis palabras.

Se apartó y la besó en la mano, antes de soltarla.

–Gracias por un baile tan agradable, señora Reagert. Pensaré en ti toda la noche... en mi sillón reclinable.

***

Dos noches después, Lauren intentaba mezclarse con el resto de invitados en la fiesta de Maddox Communications. Por muy confusa que estuviera con su situación personal, aquella fiesta le recordaba todo lo que le gustaba de su trabajo, y disfrutaba mucho charlando e intercambiando opiniones con los pesos pesados del mundo de la publicidad.

Pero también aumentaba su frustración, pues le recordaba los motivos por los que quería y necesitaba volver a su trabajo en Nueva York. Entre ellos, el creciente deseo que sentía por Jason, quien no hacía más que volverla loca con sus caricias ocasionales y besos por sorpresa.

El grupo de música había estado tocando swing durante la cena, pero ahora interpretaba temas de rock clásico y las parejas empezaban a bailar. Lauren no estaba segura de poder resistir otro baile con Jason. El problema era que no sólo se compenetraban en la pista de baile. Con todo el revuelo de los últimos meses casi había olvidado el formidable equipo que formaban Jason y ella. La fiesta de esa noche se lo había recordado.

La cena había acabado y las parejas empezaban a bailar. Moviéndose al ritmo de la música, se dirigió hacia la barra para pedir otro vaso de agua con lima mientras respondía a las felicitaciones que le llegaban por todos lados. Por primera vez aquella noche, Jason y ella estaban uno a cada lado de la sala, pero en todo momento sentía cómo la seguía con la mirada. El vestido de satén cobrizo crujía suavemente alrededor de sus piernas. Cada roce era una tortura para sus agudizados sentidos, y el corpiño bordado le resultaba repentinamente incómodo. Y todo lo provocaba Jason con su mirada.

La fiesta se celebraba en un lujoso club náutico con vistas a la bahía de San Francisco, y a través de los grandes ventanales se podía ver el Golden Gate entre la neblina. La cena había sido servida por el restaurante Postrio, propiedad del afamado chef Wolfgang Puck, y gracias a la eficiente secretaria de Brock la organización había sido impecable hasta el último detalle.

Al crecer en Connecticut, Lauren había conocido a muchos políticos y familias influyentes, pero aun así estaba impresionada. Maddox no había escatimado en recursos.

Tenía más hambre que nunca y podía comer lo que quisiera, desde mero de Alaska rebozado a tarta de ciruelas. Lamentó no tener a mano una bolsa bien grande para llevarse algunas de esas exquisiteces a casa. La idea de repetir el picnic frente al fuego era sumamente tentadora, pero apartó rápidamente el recuerdo de su mente.

Tomó un sorbo de agua con lima. Aún no podía beber alcohol, pero el salón estaba impregnado con el aroma de los mejores vinos de California.

–Señora Reagert –la llamó alguien por detrás–, ¿puedo servirle otra copa?

Lauren miró por encima del hombro y descubrió con sorpresa que la oferta no venía de un camarero, sino del mismísimo Walter Prentice. Al parecer, hasta el ultraconservador cliente de Jason disfrutaba del buen vino de vez en cuando.

–Gracias, señor Prentice. Me disponía a pedir otra.

–Deje que yo me encargue de eso –chasqueó con los dedos y un camarero apareció como por arte de magia para recibir la orden y servirle otra copa a la esposa de Prentice. La pobre mujer parecía necesitar un trago para levantar el ánimo. Su marido la colmaba de atenciones, pero las arrugas de la frente y el ceño fruncido insinuaban que Angela Prentice no estaba tan satisfecha como él.

Lauren aceptó la copa de burbujeante agua con lima que le ofrecía el camarero y sonrió, agradecida.

–Brock Maddox parece tener un buen equipo a sus órdenes. Me costó decidirme entre ellos y Golden Gate Promotions, pero me alegra trabajar con un grupo de jóvenes ambiciosos.

Lauren miró a su alrededor.

–Aún estoy intentando conocerlos a todos, pero la verdad es que han sido muy cordiales.

Asher Williams, el gerente, dejó su copa vacía en una bandeja y llevó a su novia a la pista de baile. Gavin Spencer cambiaba el peso de su enorme masa muscular de un pie a otro, tirándose del cuello del esmoquin mientras escuchaba a una ejecutiva de una compañía de móviles.

Angela Prentice tocó ligeramente el brazo de Lauren.

–¿Puedes repetirme tu nombre, querida?

–Lauren Presley... quiero decir, Lauren Reagert –sonrió–. No crea que soy familia de Elvis.

Walter se echó a reír.

–Supongo que se lo preguntarán a menudo.

–No se imagina cuánto –pensó en lo que sabía de Walter Prentice y recordó lo más importante: para aquel hombre, la familia lo era todo–. Mi familia es de Connecticut, bastante lejos de Graceland.

–Me encanta Connecticut. De hecho, tengo una casa en la costa –seguramente tenía casas por todo el mundo–. ¿Conoció a Jason en Nueva York?

–Tengo una empresa de diseño gráfico. Jason y yo colaboramos en algunos proyectos y a partir de ahí se forjó nuestra relación –la historia era cierta, aunque si Prentice conociera los detalles seguramente le daría un ataque al corazón.

Angela se llevó dos dedos a la frente arrugada.

–¿Cómo va a dirigir su negocio desde el otro extremo del país ahora que Jason y usted están casados?

Prentice frunció el ceño.

–Espero que no estén pensando en un matrimonio a distancia. Eso nunca funciona. Por eso mi mujer y mis hijos viajan a todas partes conmigo.

No era extraño, entonces, que la mujer tuviera bolsas bajo los ojos.

–Se puede hacer mucho con un buen gerente, un ordenador y un fax –dijo Lauren. Ya había pensado en algunas posibilidades, puesto que tanto Jason como ella tendrían que viajar mucho en los próximos años por el bien del bebé.

Lo que supondría pasar mucho tiempo juntos. Buscó a Jason con la mirada y lo encontró hablando con Flynn, el vicepresidente de la empresa. Los anchos hombros y la arrolladora personalidad de Flynn atraían las miradas de muchas mujeres, pero Lauren prefería la esbelta figura de Jason. Casi podía oler su fragancia corporal a lo lejos…

Devolvió su atención a Walter Prentice, quien estaba hablando.

–Es usted una mujer de negocios de los tiempos modernos.

Lauren se puso rígida. ¿Sería un halago o una crítica?

Angela volvió a ponerle una mano en el brazo.

–Enhorabuena otra vez, querida. A ti y a Jason por vuestro matrimonio y vuestro hijo. Walter y yo nos alegramos mucho por ti y por tu futura familia.

–Brindo por ello –dijo Walter, levantando su copa–. ¿Nos disculpa, señora Reagert?

–Pues claro. Ha sido un placer hablar con ustedes –la pareja se alejó y Lauren respiró aliviada. Se tocó el anillo de bodas y pensó en lo que sabía de los Prentice. Llevaban cuarenta años casados, y aunque parecían tenerlo todo, la triste mirada de Angela hizo penar a Lauren en todo lo que tenía en Nueva York.

Sacudió la cabeza y se dio la vuelta, y se encontró cara a cara con la mujer a la que llevaba evitando toda la noche.

Celia Taylor puso una mueca de desagrado.

Lauren pensó en darle una excusa y salir corriendo, pero enseguida cambió de opinión. Una huida sólo serviría para avivar los rumores, y ya corrían demasiados rumores sobre aquella mujer. Además, aunque debería odiar a Celia, sólo podía sentir lástima por ella. El mundo de los negocios podía ser muy cruel con las mujeres hermosas.

De manera que esbozó su mejor sonrisa y adoptó una actitud amistosa.

–Hola, Celia. Te estaba buscando. Aún soy nueva en la ciudad y me preguntaba si podrías recomendarme algún buen estilista.

El pretexto le sonó ridículo. Podría haberle preguntado sobre el trabajo, o sobre algún asunto relacionado con los negocios, o incluso por alguna galería de arte. Fuera como fuera, quería suavizar la situación con la colega de Jason.

Celia parpadeó con asombro y arrugó su nariz perfecta.

–Claro... Te enviaré por e-mail el nombre de mi salón de belleza.

–Te lo agradezco –también necesitaría encontrar un ginecólogo si iba a visitar a Jason en un futuro próximo, o por si se prolongaba su estancia en San Francisco.

–Siento mucho lo del otro día –dijo Celia con voz amable. Se inclinó ligeramente hacia delante y Lauren encontró muy desagradable el olor de su carísimo perfume. Seguramente se debía al embarazo, y no a la opinión personal que tenía de aquella mujer.

Su aversión estaba totalmente injustificada. Celia Taylor no había hecho nada malo. Los celos se los había provocado Lauren a sí misma.

–Tranquila... No hay motivos para la desconfianza.

–Claro que no. Sólo quería asegurarme de que supieras que no hay nada entre Jason y yo. En serio, fui a verlo para preguntarle si pensaba ir al Rosa Lounge con los otros después del trabajo.

Celia no le habría preguntado nada si hubiera sospechado que Jason ya tenía una relación. Salvo que, en realidad, Jason no tenía ninguna relación. ¿Habría aceptado la invitación de Celia si su amigo no le hubiera enviado la foto de Lauren embarazada?

Los celos se negaban a abandonarla, aun recordándose a sí misma que Celia no tenía la culpa de nada.

–De verdad, no te preocupes. Fui yo quien insistió en mantener la relación en privado. Si hay que culpar a alguien por ocultar que Jason estaba comprometido, es a mí.

Celia soltó una larga espiración.

–No sabes lo que me alivia oír eso. Odio los cotilleos en la oficina y... Dios mío, eres realmente encantadora.

Si de verdad lo fuera, ¿por qué le molestaba tanto que Celia no tuviera que llevar un vestido holgado para ocultar la barriga? Y seguro que tampoco sufría retención de líquidos.

¿Y por qué quería impresionar a los Prentice? ¿Y encontrar un ginecólogo en San Francisco?

Porque, le gustase o no, se sentía atraída por Jason. Durante cuatro meses había intentado olvidarlo, pero había comprobado que era imposible.

Volvió a recorrer el salón con la mirada hasta localizarlo. Él alzó el mentón como si hubiera sentido que lo estaba observando. Como si la hubiera sentido a ella... Giró levemente la cabeza y sus miradas se encontraron. Un hormigueo de placer recorrió la piel de Lauren. No podía seguir huyendo de la verdad. La pasión que sentía por Jason había empezado a desbordarse, y negarlo sólo serviría para aumentar su sufrimiento.

Sabía que los desequilibrios hormonales podían ser muy fuertes durante el embarazo, pero también sabía que aquellas sensaciones eran algo más que un montón de hormonas descontroladas. Al fin y al cabo, no había intentado arrojarse encima de ningún otro hombre, y eso que había hombres arrebatadoramente guapos y poderosos en aquel salón.

Pero ella sólo quería a Jason.

Aquella noche probaría una nueva táctica. Iba a permitirse todas las fantasías que había tenido con su flamante marido.

Capítulo Nueve

La fiesta de la empresa había sido un éxito, y Jason había conseguido su propósito.

Entonces, ¿por qué se sentía tan irritado?

Se metió las manos en los bolsillos del esmoquin después de cerrar la puerta de casa y miró a su bonita esposa, que estaba al otro lado del salón, convencido de que era ella el motivo de su frustración. Apenas habían hablado en el trayecto de vuelta a casa. Él le había indicado algunos sitios de interés en un intento de mostrarle las ventajas de vivir allí, pero ella había permanecido en silencio casi todo el camino, mirándolo con una intensidad que a Jason le resultó desconcertante, sobre todo porque no tenía ni idea de lo que podía estar pensando.

Ahora Lauren estaba de pie frente a la ventana, con la luna arrancando destellos de su vestido de noche. Ofrecía una imagen deslumbrante y perfecta en todos los aspectos, y a Jason le hacía pensar en lo bien que podrían vivir juntos.

Su plan de mantener una barrera entre ellos se estaba quedando obsoleto a una velocidad de vértigo. Deseaba hacerlo todo con ella, y sin perder más tiempo. El vestido de Lauren se ceñía a sus generosos pechos, los pliegues ocultaban el embarazo y la tela satinada le caía hasta los tobillos. Un mechón de pelo le rozaba la mejilla, igual que sus propios dedos le habían acariciado la delicada mandíbula.

Los hombres se la habían comido con los ojos durante toda la velada, y Jason casi se había vuelto loco de celos. Quería recordarles que estaba con él. Que llevaba un hijo suyo. Pero no podía comportarse como un marido posesivo.

Además, estaba muy orgulloso de ella. Antes de la fiesta casi se había olvidado de la avezada mujer de negocios que era, pero ella no sólo se había ganado a Prentice, sino a muchos más invitados que podrían serle de gran ayuda en su carrera profesional. Y Jason comprobó con asombro cómo aquella seguridad en sí misma lo excitaba tanto como sus sensuales curvas.

Se detuvo detrás de ella y le puso las manos en los hombros desnudos. Quería demostrarle la sintonía que existía entre ambos.

–Esta noche has estado fantástica. Prácticamente has tenido a Prentice comiendo de tu mano.

Ella giró la cabeza para mirarlo. El mechón errático le acariciaba la cara igual que le gustaría hacer a él.

–Me ha parecido muy simpático. Me lo imaginaba mucho más severo, conociendo sus conceptos tan rígidos sobre la moral y demás.

–Le has causado muy buena impresión –la rodeó con los brazos, animado por la aparente aceptación de Lauren, y entrelazó los dedos sobre su vientre–. Y a su mujer también, por cierto.

–Ella me pareció una mujer muy triste –se apoyó contra él, embriagándolo con el dulce aroma de su champú–. Me pregunto si ese estilo de vida encaja con ella.

–¿Y a ti? ¿Te gusta ese estilo de vida?

Era una parte muy importante de su vida que podría suponer un serio problema. Las fiestas, reuniones y compromisos continuos habían acabado minando el matrimonio de Flynn Maddox.

–¿Me lo preguntas en serio? Ya deberías saber que me encantan esos tejemanejes –se movió para ajustar la postura contra él, y el trasero se posó íntimamente sobre la prueba palpable de su erección.

–Sabes mantener la compostura... –no como él. Su presión sanguínea iba a estallar sólo por estar tocando su espalda.

Ella volvió a mirarlo.

–¿Qué piensas?

–Que no puedo dejar de mirarte. Eres preciosa.

–No tienes por qué halagarme –deslizó las manos sobre las suyas, que seguían posadas en el vientre–. Soy consciente de que perdí mi figura hace un par de semanas.

–No he sido el único que se ha fijado en ti esta noche –los celos volvieron a hervirle la sangre–. Eras la mujer más sexy de la fiesta, gracias al incomparable brillo que irradia tu piel de embarazada –con los pulgares le rozó la parte inferior de los pechos–. Llevo toda la semana muriéndome por tocarte...

Ella se rió suavemente y se giró en sus brazos para ofrecerle una clara imagen de su escote.

–Seguro que es por el tamaño.

Que lo llamara cavernícola si quisiera, pero él no podía apartar la mirada de sus pechos ni dejar de pensar en desnudarla para deleitarse con cada palmo de su piel, como no había hecho la vez anterior por culpa de las prisas y la ropa que no llegaron a quitarse.

–¿Sabes lo que daría por verte sin este vestido? Por Dios, Lauren, ya sé que dijiste que nada de sexo, pero el deseo está acabando conmigo, y no sé hasta cuándo podré aguantar sin tocarte.

Ella jugueteó con su corbata.

–Puede que me haya replanteado mis condiciones...

Sus palabras lo dejaron momentáneamente aturdido. Hasta ese momento había confiado en poder seducirla poco a poco, pero ¿sería posible que la fiesta le hubiera mostrado a Lauren la misma sintonía que él había descubierto entre ellos?

En cualquier caso, no iba a dejar pasar la oportunidad de volver a tenerla entre sus brazos.

La besó en la oreja y le apartó el mechón de pelo, y ella giró la cabeza para buscar su boca al tiempo que le rodeaba el cuello con los brazos. El deseo ardía en sus pupilas dilatadas, acuciándolo a seguir adelante.

Jason emitió un débil gruñido de alivio y la besó con toda la pasión contenida. Habían sido muchas noches despertándose con una erección por soñar con ella.

Lauren se aferró a sus hombros, como una mujer que supiera exactamente lo que quería. Subió los dedos por su cuello y los entrelazó en su pelo para tirar de él hacia ella, pero aún los separaba demasiada ropa.

Él le agarró el trasero y la apretó contra su cuerpo, pero se detuvo al recordar su estado.

–¿Cuál es la forma más segura de hacerlo para ti y el bebé?

Ella le abrió la chaqueta del esmoquin.

–Con cuatro meses y medio aún no hay peligro, pero los libros y los médicos sugieren probar posiciones nuevas más adelante. Quizá deberíamos empezar a practicar...

–Me estás dando ideas muy tentadoras –imágenes de ella ahora, y más tarde. ¿Seguirían juntos para entonces? No lo sabía, pero estaba decidido a aprovechar al máximo el momento, porque había descubierto que no le bastaba con besarla–. ¿Cómo puedes excitarme tanto con tu voz?

–Las palabras pueden ser un afrodisíaco muy potente. Tengo algunas fantasías que me gustaría compartir contigo...

Jason alargó una mano tras ella y corrió las cortinas.

–Me vuelve loco escucharte hablar de lo que sea.

Ella suspiró y le mordió el labio, y él le bajó la cremallera por la espalda. El vestido cayó al suelo... Y Jason se quedó boquiabierto ante la imagen que se le ofrecía.

Lauren lucía un sujetador de encaje sin tirantes y unas minúsculas bragas a juego que se estiraban por debajo de la suave curva del vientre. Abalorios dorados relucían en el encaje blanco, atrayendo la mirada de Jason a las sensuales curvas y piel cremosa. Jason la tocó y acarició con una fascinación reverencial, pues no concebía que hubiera algo más hermoso que la imagen de Lauren embarazada. Era como adorar a una diosa de la fertilidad. La excitación era tan poderosa que estuvo a punto de arrodillarse ante ella.

Los ojos de Lauren también estaban cargados de excitación, mientras se quitaba las horquillas del pelo y sacudía la cabeza para que la melena cayera sensualmente sobre los hombros.

–Me parece que uno de los dos lleva demasiada ropa… Empieza a desnudarte, chico de oro. Quiero que poses para mí desnudo.

–¿Posar? –repitió él, dubitativo.

–En la universidad, las clases de dibujo incluían la anatomía masculina.

El frunció el ceño.

–No sé si me gusta la idea de que estés en un aula con hombres desnudos.

Ella deslizó una uña por su pecho.

–Pues entonces desnúdate.

–A tus órdenes –sin apartar los ojos de ella, se quitó la camisa, los zapatos y los calcetines. Las prisas lo acuciaban, pero cuanto más tardara más podría contemplar a Lauren. En Nueva York lo habían hecho tan rápido que no había tenido tiempo de memorizar su imagen.

Lo que sí se le había quedado grabado era la

sensación de estar rodeado por las elásticas paredes de su sexo.

Se quitó los pantalones y los bóxers y le tendió una mano. Ella se la agarró mientras volvía a recorrerle el pecho con una uña de la otra mano. A Jason se le aceleraron los latidos.

Tiró de ella hacia él y le quitó el sujetador. La prenda de encaje y satén se deslizó sobre sus manos antes de caer al suelo.

Ella se arqueó hacia atrás y presionó los grandes pechos contra su torso con un gemido de placer.

–No puedo aguantar más... ¿Qué te parece si esperamos a la segunda vez para hacerlo despacio?

–Con mucho gusto –aceptó él. Una segunda vez significaba que Lauren no iba a echarlo a patadas tras acabar la primera.

La llevó de espaldas hacia la pared, contento de que no hubiera muebles ni cuadros por medio, aunque no le habría importado lo más mínimo si hubieran tirado un Monet al suelo. Ella lo besó, mordió y le acarició la espalda y el trasero con el dedo mientras le susurraba las fantasías que tenía para ambos. Jason le quitó las bragas y se dio un momento para sentir el calor de Lauren que impregnaba la prenda. Era delicioso, pero de ninguna manera podría compararse con la fuente de ese calor. Una fuente que estaba al alcance de sus manos y dedos...

Lauren enganchó una pierna en su cadera y él no necesitó más invitación para empezar a explorar. La encontró húmeda, cálida y preparada. Agachó la cabeza hasta sus pechos y atrapó un pezón con los dientes. El gemido de Lauren y la forma en que su pezón se endureció al instante casi acabaron con él.

Ella le agarró el miembro y apretó ligeramente.

–¿Aquí y ahora? –le preguntó él–. ¿Estás segura?

El fuego que ardía en los ojos de Lauren no dejaba lugar a dudas sobre sus intenciones. Era el mismo deseo salvaje que la había dominado cuatro meses antes, pero aun así él necesitaba oírselo decir. Quería confirmar que ella deseaba tanto como él hacerlo contra la pared del salón.

–Te quedan noventa segundos antes de que explote –le dijo ella con voz ronca y jadeante.

–¿Noventa segundos? –el miembro le palpitaba acuciantemente en la mano de Lauren.

–Ochenta y nueve –murmuró ella, pasándole el dedo pulgar sobre la punta.

Él le subió la otra pierna para que enganchara los tobillos alrededor de su cintura. La agarró firmemente por el trasero y la levantó para colocarla en posición. Ella le puso las manos en los hombros y descendió para volver a recibirlo en su interior, tal y como él recordaba, pero con una intensidad mucho mayor.

Lauren posó la cabeza sobre su hombro.

–¿Estás bien? –le preguntó él. Todo a su alrededor se desvanecía, como si el mundo se redujera al cuerpo de Lauren.

–Setenta y un segundos –murmuró ella. El pecho le subía y bajaba frenéticamente–. Y contando.

A Jason no le hicieron falta más ánimos. Empujó con fuerza y ella respondió pegándose a él, suplicándole en agónicos susurros y con la piel colorada. Tal vez estuvieran precipitándose de nuevo, pero no iba a perder la oportunidad de mirarla mientras lo hacían. Era un regalo visual que había desaprovechado la primera vez.

Era el momento de resarcirse. Contempló la elegante curva de su cuello mientras ella echaba la cabeza hacia atrás. El sudor que empapaba su frente, los párpados fuertemente cerrados mientras sus gemidos se hacían más y más fuertes. Sus blancos dientes mordiéndose el labio hasta que un grito de desinhibido arrebato se elevó hasta los altos techos.

¿Quién se habría imaginado que a aquella mujer tan discreta le gustara gritar? Así era, y el hecho de que hubiera sido él quien le arrancara esos gritos de placer lo llevó a él también al orgasmo.

Apoyó la frente en la pared y se derrumbó contra ella, quien aún lo rodeaba con sus piernas. Sus cuerpos estaban pegados por el sudor, piel contra piel. Pero ¿hasta cuándo?

En sólo noventa segundos Jason había descubierto que jamás podría dejarla marchar.

Tenía que escapar de allí.

Lauren estaba sentada a horcajadas sobre el regazo de Jason, en el banco de madera de la ducha. El agua le salpicaba la espalda y ella besaba el hombro de Jason mientras él empujaba en su interior.

La intensidad de sus orgasmos aún seguía estremeciéndola y le llenaba la cabeza con las imágenes de la noche anterior, en la que Jason la había colmado de sensaciones incomparables con sus manos, su boca y el resto de su cuerpo. También con sus palabras, susurrándole una y otra vez cuándo la deseaba, cuanto lo excitaba, cuánto ansiaba volver a tenerla... Y ella había perdido el control por completo.

Por eso estaba muerta de miedo.

Pero, por asustada que estuviera, no podía separarse de él.

La primera vez que lo hicieron estuvo bien, pero lo que habían hecho aquella noche no podía compararse a nada que hubiera vivido hasta entonces. La pasión había alcanzado un extremo tan salvaje que Lauren había llegado a olvidar la independencia que tanto le había costado conseguir. Había trabajado muy duro para dejar atrás la influencia de su familia. ¿Tendría la fuerza necesaria para resistir a Jason cuando a él le bastaba un suspiro para derretirla de placer?

Al meterse juntos en la ducha, estaba convencida de que no podrían volver a hacer el amor tan pronto. Pero Jason le había prometido que harían realidad una más de sus fantasías antes de que amaneciera. Y así fue. Las caricias de sus manos bajo el agua volvieron a excitarla como si acabaran de empezar, y en pocos segundos los gritos y gemidos de ambos resonaban en las paredes de azulejos.

Todo era muy distinto a la frenética aventura que tuvieron en el sofá de su despacho, de donde él se marchó nada más acabar y la dejó con el cuerpo y el corazón a medias.

Ahora, en cambio, Jason le provocaba un orgasmo tras otro y parecía no haber límites para el placer compartido. La noche había sido increíble, pero la ducha estaba resultando aún mejor. Y ella estaba cada vez más asustada.

Se estremeció contra él y Jason la besó en la oreja.

–Tienes frío. Vamos a salir…

La levantó en sus brazos como si no pesara más que una pluma y la sentó en el otro banco. Cerró el grifo y salió de la ducha para sacar una toalla del cajón.

–Gracias –dijo, sin aclararle que sus temblores no tenían nada que ver con el frío.

Se envolvió con la toalla y se acercó a la pequeña chimenea del cuarto de baño. Era de gas, pero también crepitaba agradablemente. Lauren se había criado en una casa con todo tipo de comodidades, pero aun así la había impresionado aquel cuarto de baño.

Pensó en la pobre pareja que había roto mientras reformaban la casa. Sin duda habían empleado mucho tiempo y esfuerzo para tener la casa de sus sueños. ¿Habrían tenido la oportunidad de disfrutarla antes de separarse?

Jason se secó la espalda y le dio un rápido beso en los labios.

–Nada me gustaría más que quedarme, pero llego tarde al trabajo.

–Puedes echarme la culpa a mí y a mis fantasías –se obligó a sonreír y fingir que estaba de un humor tan bueno como él.

Cuanto antes saliera Jason por la puerta, antes podría ella reordenar sus pensamientos y emociones. En esos momentos apenas podía pensar con claridad, y mucho menos intentar ser razonable. Era imposible mientras estuviese ante aquel cuerpo fuerte y viril.

Jason se vistió rápidamente mientras ella se peinaba. Al terminar, agarró su maletín y fue hasta ella.

–Lamento tener que trabajar un sábado, pero estaré de vuelta a las seis. Tengo planes para esta noche, así que no vayas a preparar la cena porque no cenaremos en casa. Pensaré en ti.

Volvió a besarla, esa vez de una forma más apasionada y posesiva. El sabor de la pasta de dientes y el olor de la loción hacían estragos en sus sentidos. Aquel hombre sabía cómo besar, pero aquel beso le resultó especial a Lauren porque era evidente que no desembocaría en una pasión mayor. Ambos estaban agotados y él tenía que irse a trabajar. No. Aquel beso insinuaba algo distinto que nada tenía que ver con el sexo, pero que resultaba tan íntimo como la unión de sus cuerpos.

Lauren mantuvo los ojos cerrados hasta que oyó cerrarse la puerta. Entonces se sentó en el borde de la bañera. Aunque reuniera las fuerzas necesarias para regresar a Nueva York, volvería a menudo a San Francisco con el bebé. Y Jason también tendría que ir a verla.

¿Cómo podría estar en la misma habitación que él y no desearlo? Quería conservar todo lo que estaba viviendo, y mucho más. ¿Por cuánto tiempo? Un fuego tan intenso siempre acababa apagándose. Pero ¿y si no se apagaba?

Había visto cómo los sentimientos que unían a sus padres se consumían irremediablemente hasta que no quedó nada entre ellos. No podía permitir que lo mismo le sucediera a ella.

Capítulo Diez

Estaba progresando. Lo sentía igual que sentía la espuma salada de la Bahía.

Jason rodeó los hombros de Lauren con el brazo mientras caminaban por el paseo marítimo del club náutico. Acababan de disfrutar de una cena magnífica, aunque Jason se sentía culpable por haber hecho esperar una hora a una mujer embarazada.

Odiaba llegar tarde a una cita, pero no había podido evitarlo. Prentice había cambiado de opinión sobre la contratación de una joven estrella del pop para anunciar una colección de ropa de playa, y Jason estaba enfrascado además en otros cuatro nuevos proyectos.

Pero al menos habían conseguido salir juntos para disfrutar de la noche del sábado, y Jason quería aprovechar hasta el último minuto para enseñarle las mejores vistas de San Francisco. Y qué menor manera de hacerlo que desde un...

–¿Tienes un barco? –exclamó ella, deteniéndose en el muelle bajo las aves acuáticas que planeaban sobre sus cabezas. En invierno las marismas estaban llenas de aves migratorias.

–¿No te lo había dicho?

–No creo, porque estoy segura de que me acordaría de algo así –señaló el velero Beneteau de quince metros de eslora.

–Se lo compré a un buen precio a un tipo que tenía problemas económicos. Se lo fabricaron por encargo, y apenas dos meses después de haberlo recibido tuvo que venderlo para hacer frente a sus deudas.

–Entonces, ¿es nuevo?

–Prácticamente. No tiene ni seis meses –se subió la cremallera de la cazadora y confió en que Lauren no se mareara en el agua–. ¿Te gustaría salir a navegar?

–Claro, ¿por qué no? –dijo ella, visiblemente sorprendida por el cambio de planes.

¿Le molestaría que fuera impulsivo? No parecía probable, viendo cómo hacían el amor en cualquier momento y lugar. De camino al restaurante tuvieron que desviarse por una carretera secundaria para evitar un accidente, y ella lo había provocado de tal manera que tal vez fuera el sexo en el coche, y no el trabajo, el motivo por el que se habían retrasado.

La ayudó a subir a bordo y le dio las gracias al empleado del club que había izado las velas, de modo que pudieron zarpar inmediatamente. Ella parecía sentirse muy cómoda en el barco, sentada en la proa de cara al viento. En cuanto a él, un paseo en barco era lo que más podía relajarlo después de un largo día de trabajo.

A Lauren también parecía gustarle el silencio, algo que Jason agradeció. La mayoría de las personas a las que conocía sentían la irrefrenable necesidad de romper un agradable silencio con toda clase de comentarios.

Salieron a la bahía, donde la luna y las luces de la orilla ofrecían una vista privilegiada del barrio de Fisherman's Wharf y de la isla de Alcatraz.

Al cabo de una hora de navegación, Jason echó el ancla y se unió a Lauren en la proa. Las luces de posición del velero se reflejaban en las olas, y en la costa destellaba la animada vida nocturna de San Francisco.

Jason le echó una manta sobre los hombros y se sentó junto a ella.

–¿Tienes frío?

Ella negó con la cabeza.

–Llevo mucha ropa, como me ordenaste antes de salir de casa. Pero de todos modos agradezco la manta. Aquí hace más frío que en la orilla.

Él la apretó contra su costado. Le encantaba sentir su cuerpo acurrucado contra el suyo a través de la manta.

–¿Has trabajado mucho esta tarde?

–No mucho, pero al menos he solucionado los problemas con los acreedores –le puso la mano en la rodilla–. Gracias de nuevo. Mi empresa significa mucho para mí.

–No tienes por qué dármelas. Me vas a devolver el préstamo, ¿recuerdas?

Ella se echó a reír.

–A un interés ridículamente bajo.

Jason esperaba que pudieran saldar pronto aquella maldita deuda. Su intención había sido ayudarla, y no le gustaba que ella se negara a aceptar nada más de él. Con un poco de suerte, el detective que había contratado para seguir la pista del ex contable no tardaría en averiguar algo. Si Lauren conseguía recuperar su dinero, su empresa estaría a salvo. Y eso se traduciría en una mayor flexibilidad para ella.

Tal vez no aceptara más dinero, pero quizá él pudiera convencerla para que se quedara con el préstamo que ya le había hecho y lo invirtiera en la expansión de su negocio. Si abría una sucursal en San Francisco sería lo mejor para el bebé... Y para él también.

Ella giró la cabeza para mirarlo, y el viento azotó su larga cola de caballo sobre el rostro.

–Me alegro de que sugirieras este paseo. Supongo que es normal que esté un poco estresada últimamente.

–El mar tiene un efecto muy relajante.

Las olas mecían suavemente el barco, y de vez en cuando un pez salía a la superficie. A lo lejos brillaban las luces de otras dos embarcaciones.

–Podrías vivir en este barco. Tiene más muebles que tu casa.

Jason decidió que había llegado el momento de atacar. Sólo le quedaba una semana hasta que Lauren volviera a Nueva York. El tiempo para actuar se le acababa.

–Mañana podríamos ir a Fisherman's Wharf y comprar algunos muebles.

–Ya veremos –le acarició distraídamente la rodilla, con la vista fija en el horizonte–. ¿Por qué dejaste la Marina? Prentice comentó algo durante la cena sobre tu heroica actuación con unos piratas, pero tú te quedaste muy callado.

Jason se puso tenso ante aquella inesperada intromisión en su pasado, pero respetó el cambio de tema ya que al menos Lauren seguía en sus brazos.

–Sólo cumplía con mi deber. Se lo conté a Prentice porque su sobrino está en el ejército.

–¿Qué ocurrió?

Sus años en la Marina parecían muy lejanos, pero nunca podría olvidarlos. Formaban parte de su vida y le habían inculcado los valores y la disciplina que su padre insistía en que recibiera, en vez de ser él mismo quien lo educara por estar siempre ausente. Jason sintió cómo su hijo se movía ligeramente bajo sus manos y se juró que él no cometería los mismos fallos.

–Unos piratas habían capturado un barco con rehenes en la costa de Malasia. Yo pertenecía al grupo de los SEAL encargado de la operación de rescate. Era un hombre rana especializado en la desactivación de explosivos.

–Parece muy peligroso –murmuró ella, estremeciéndose.

–Había momentos de peligro, desde luego, pero nos entrenaban para no sentir nada durante una misión.

–Tu trabajo actual debe de parecerte muy aburrido, comparado con aquello.

–Aburrido no. Tan sólo diferente. Admito que a veces lo echo de menos, pero estoy satisfecho por haber servido a mi país y llegó el momento de seguir adelante. Al fin y al cabo, en la universidad me preparé para este trabajo, y es lo que siempre quise hacer. Si me alisté en la Marina fue para demostrarme que podía ser distinto a mi padre, durante un tiempo, al menos.

–Has conseguido escapar de la sombra de tu padre, tanto aquí como en Nueva York. Eres un hombre independiente, Jason.

Él agradeció que lo entendiera.

–Fui a la universidad con una beca del ejército, ya que no podía tocar la herencia de mis abuelos hasta cumplir los veinticinco. A cambio de esa ayuda económica, tuve que servir varios años en la Marina después de graduarme. Pero me gusta creer que me habría alistado de todos modos, aunque no hubiera necesitado el dinero.

–¿Tus padres no quisieron pagarte los estudios? –le preguntó.

–Desde luego que lo habrían hecho, pero había demasiadas condiciones.

–¿Como cuáles?

–Tendría que haber ido a la misma universidad donde estudió mi padre y entrar en la empresa familiar. Agradezco las facilidades que mi familia me proporcionó cuando era niño, pero no quería seguir así toda la vida.

–Y te hiciste a ti mismo.

–Aún me sigo haciendo –y sería un proceso que le llevaría toda la vida.

Pensó en la madre de Lauren, quien se permitía despreciar el trabajo de su hija porque no era lo mismo que ella había hecho. Tal vez Lauren pudiera entender mejor que nadie los problemas que él tenía con sus padres.

–En general, me siento bien aquí. En esta ciudad y con este trabajo.

–Viendo lo mucho que te gusta navegar, San Francisco parece el lugar perfecto para ti. Y no tienes que soportar los duros inviernos de Nueva York.

–Llevo practicando el submarinismo desde que estaba en el colegio, y aquí puedo tener mi propio barco en vez de perder tiempo desplazándome a un lugar turístico –apoyó la barbilla en la cabeza de Lauren–. Es muy emocionante explorar los barcos hundidos y los arrecifes de coral. Me encantaría llevarte después de que nazca el bebé.

–Ya veremos –volvió a decir ella, pellizcándole el muslo.

–No podemos seguir a este paso para siempre –arguyó él–. En algún momento tendremos que hacer planes.

Ella se giró y lo miró a la luz de la luna.

–¿Sabes qué? Tengo un plan fabuloso para esta noche...

Jason le estaba hablando en serio. Quería convencerla de que sus vidas podían encajar tan bien como sus cuerpos. Pero los ojos de Lauren brillaban con peligrosa determinación.

Lo empujó contra el asiento y tiró de la manta sobre los dos.

–El plan es meternos bajo la manta y ver quién es el primero que hace gritar al otro de placer.

Apoyó las manos en la cubierta, a cada lado del

rostro de Jason, y lo besó mientras se abandonaba a la pasión que bullía en sus venas. El desconcierto inicial de Jason le dio unos segundos de ventaja, pero no mucho más. Él la colocó rápidamente bajo su cuerpo y se cubrió con la manta.

La conversación la había asustado tanto que no le había quedado más remedio que actuar. No quería hablar. Él ya debería saber que tenía sus propios sueños, su propia empresa y su propia vida. Y además estaba su madre, quien no tenía a nadie más en el mundo. Por todo ello, debía regresar a Nueva York. Su tiempo con él había acabado. Sólo le quedaba una semana para almacenar recuerdos y asentar las bases de una futura relación amistosa por el bien de su hijo.

Pero en aquellos momentos sólo quería sentir su cuerpo y memorizar el sonido de su voz cargada de deseo.

El barco se mecía suavemente bajo ellos, y el movimiento de las olas imitaba el contoneo de sus cuerpos. Lauren le quitó la camiseta con frenesí y él se apartó un momento para desabrocharse los vaqueros y bajarle a ella las bragas hasta los tobillos. Lauren le rodeó el miembro con los dedos y se rozó la mano contra la cremallera abierta al guiarlo hacia su sexo.

Y entonces lo tuvo en su interior, colmándola con sus embestidas, con su deseo, con su fragancia corporal mezclada con el olor del mar.

Le agarró las nalgas a través de los vaqueros y lo apremió a que se moviera más rápido, más fuerte, más cerca de lo que el abultado vientre permitía. Él deslizó la mano entre sus cuerpos y la tocó en su punto más sensible mientras seguía empujando dentro de ella.

Habían alcanzado una compenetración ideal, instintiva y maravillosa. Sus cuerpos se entendían a la perfección y Lauren se sentía tan excitada como asustada. ¿Cómo era posible? Jason le despertaba los deseos más atrevidos, como hacer el amor al aire libre en la cubierta de un barco.

Él le mordisqueó el lóbulo de la oreja mientras sus dedos seguían trazando círculos en sus partes íntimas.

–¿Quién va a gritar primero, Lauren?

Ella apretó las rodillas contra sus caderas y lo masajeó suavemente hasta que él gimió de placer en su oído.

–No lo sé... Dímelo tú.

Jason levantó la cabeza y la miró con todo el rostro en tensión.

–Creo que va a ser algo simultáneo...

La promesa de un orgasmo sincronizado la llevó hasta el límite. Jason le capturó la boca con la suya y los dos ahogaron un gemido de placer compartido. Un torrente de lava invadió a Lauren, derritiendo sus músculos, huesos y nervios hasta que quedó exhausta y jadeante sobre la cubierta.

Él se dejó caer a su lado, también jadeando en busca de aire, y la apretó contra su pecho en silencio. Tiró de la manta sobre ellos y rodeó a Lauren con los brazos.

Las luces seguían parpadeando en la costa de San Francisco, muy lejos de Nueva York. Las olas que rompían suavemente contra el casco le recordaban que sus defensas iban menguando a cada segundo que pasaba con Jason, sobre todo porque él le había demostrado lo bien que podrían estar juntos.

Lauren siempre había dependido de la fría lógica, y Jason nunca le había hablado de amor. Sin embargo, no podía escapar a la verdad inexorable.

Se estaba enamorando de Jason.

Capítulo Once

Jason bajó a la cabina tras comprobar que el barco estuviera seguro. Tener a Lauren para él solo en una cama hasta la mañana siguiente era un placer que no podía desaprovechar.

Era una mujer insaciable, y ojalá pudiera tenerla siempre a su lado.

Abrió la puerta del camarote principal y se detuvo en seco al ver la cama vacía. ¿Adónde demonios se había ido? No podía haber llegado muy lejos…

Se giró hacia la cocina y encendió la luz. Lauren estaba acurrucada en el sofá, vestida únicamente con una camiseta de él, abrazada a sus rodillas y con los ojos enrojecidos por las lágrimas.

–¿Lauren? –la llamó con cautela–. ¿Estás bien?

Ella se irguió rápidamente y le sonrió.

–Pues claro. ¿Por qué no habría de estarlo? –se tiró de la camiseta hacia abajo. Era una vieja camiseta de la Marina, descolorida después de tantos lavados–. Acabo de hacer el amor bajo las estrellas y me espera un sexo increíble hasta que amanezca.

Jason estaba más que dispuesto a dárselo. Pero aún no. Antes tenía que averiguar qué le pasaba.

Se sentó a su lado, pero manteniendo las distancias. Parecía tan tensa que temía que se derrumbara si la tocaba.

–Pareces ausente. Y perdóname si te parezco egoísta, pero cuando estoy con una mujer en la cama… cuanto estoy contigo en la cama… quiero recibir tu atención total y exclusiva.

–No pasa nada –murmuró ella, tirándose nerviosamente del dobladillo de la camiseta–. En serio.

–Es evidente que te pasa algo –le puso la mano sobre las suyas para detener el temblor–. ¿Por qué no puedes decírmelo?

Ella metió la mano bajo la pierna y sacó su móvil.

–Mi madre ha vuelto a llamar –puso una mueca de exasperación, que no consiguió ocultar su inquietud, y arrojó el teléfono al otro extremo del sofá. El barco se balanceó ligeramente y el aparato cayó al suelo.

¿Su madre a esas horas? Si allí era medianoche, en Nueva York eran más de las tres de la mañana. ¿Cómo se podía tener tan poca consideración con el reposo de una hija embarazada?

Obviamente, Jacqueline había sufrido otro de sus ataques. Jason no sabía mucho sobre el trastorno bipolar, algo que pensaba remediar de inmediato, pero sospechaba que la llamada de esa noche no debía de haber sido agradable.

No podía cambiar el pasado, pero tal vez pudiera ayudarla a mejorar el presente.

–Tendrías que haberme avisado y habría venido a rescatarte al momento.

Una temblorosa sonrisa apareció fugazmente en su rostro.

–Gracias, pero no puedes quitarme el teléfono para siempre.

–¿Qué te ha dicho?

–Nada grave, en serio. Simplemente, no tiene noción del tiempo y me llama a cualquier hora –se apretó contra él, lo que a Jason le pareció una señal muy prometedora–. Está muy alterada por lo del bebé. Me ha dicho que tengo que conseguir un buen acuerdo de divorcio, y después de colgar me ha enviado el número de su abogado.

Jason permaneció unos segundos en silencio. No quería decirle lo que pensaba de su madre, y tampoco podía arrojar el teléfono al mar.

–No te ha dado muchos ánimos, ¿eh?

Lauren apretó los puños.

–Ya sé que suena absurdo. No es que estemos pensando en seguir casados, pero me molesta que mi madre quiera desplumarte. Me ha hecho pensar en el medio millón de dólares –descargó un puño contra el cojín–. Debería haber permanecido firme aunque la empresa se hundiera... Pero lo fastidié todo.

–Espera un momento –le agarró los hombros y la hizo girarse hacia él. Tal vez tuviera asuntos que tratar con ella, pero de ningún modo iba a permitir que Lauren dudase de sí misma. Maldijo a Jacqueline por atacar la seguridad de aquella mujer tan increíble–. Vamos a analizarlo paso a paso. Primero, el dinero te lo robó un sinvergüenza, y es algo que por desgracia ocurre con mucha frecuencia en las empresas. Segundo, nuestro compromiso es el bebé, y eso significa que tenemos que ayudarnos mutuamente. No creo que me dejaras en la estacada si yo me viera en apuros, ¿verdad?

Ella negó con la cabeza y esbozó una sonrisa más firme.

–Claro que no, y te confieso que me gusta lo que dices.

–Y por último, deja de preocuparte por lo que piense tu madre. No quiero que siga haciendo daño a la madre de mi hijo.

Ella le puso las manos a ambos lados del cuello y ladeó la cabeza.

–Ese último punto no es tan razonable como los otros dos.

Jason estaba de acuerdo, sobre todo porque él mismo se había dejado influir por su padre durante gran parte de su vida.

–Puede que contigo me cueste ser todo lo razonable que debería... Y ahora ven a la cama.

Lauren le sonrió sensualmente.

–¿Me estás seduciendo?

–¿Pero es que sólo piensas en eso? –le rodeó los hombros con el brazo y le acarició el pecho con los nudillos–. Te estoy pidiendo que duermas conmigo.

–Con mucho gusto –aceptó ella con un bostezo, pero sin entender el verdadero significado de lo que él intentaba decirle.

Ni siquiera lo estaba mirando. Caminaba con la cabeza en su hombro hacia el camarote.

Jason intentó convencerse de que era la impaciencia lo que lo hacía sospechar, pero cuando se acostaron y Lauren se acurrucó junto a él, sintió que estaba negándole una parte de ella. No parecía tener ningún problema en compartir sus fantasías sexuales, pero cuando se trataba de enfrentarse a los sentimientos se encerraba en sí misma.

Mucho después de que Jason se quedara dormido, Lauren miraba la luna y las estrellas por la ventana. El suave balanceo del barco le habría provocado sueño cualquier otra noche, pero en aquellos momentos estaba demasiado nerviosa.

Tiró del edredón y metió la pierna entre las de Jason para deleitarse con el calor de su cuerpo. Si pudieran quedarse así para siempre, o adentrarse en alta mar hasta que se perdiera la cobertura...

No iba a llorar. Las llamadas nocturnas de su madre no eran ninguna novedad, y tendría que haberse esperado su último sermón. Era lógico que su madre se tomara mal las noticias sobre el bebé. Pero había confiado en que por una sola vez...

Cerró los ojos y se reprendió por esperar tanto de su madre. Era una estúpida por albergar ilusiones como elegir con su madre la decoración del cuarto de los niños o discutir nombres para el bebé. En vez de eso, sólo había conseguido el nombre de un abogado matrimonialista.

De una cosa estaba segura, y era que no iba a ponerle a su hijo el nombre de Horace... como el abogado favorito de su madre.

Se acurrucó contra Jason y él la abrazó por la cintura sin despertarse. Suspiró y se permitió bajar la guardia para aceptar el consuelo que tanto necesitaba.

Era mucho mejor mantener las cosas en un plano superficial. De esa manera el sufrimiento no sería tan grande cuando llegara el momento de despedirse.

–Maldita sea, Jason, se supone que un modelo ha de estar quieto. Lo estás haciendo más difícil de lo que debería ser.

Era cierto, pero Jason no creía estar hecho para posar desnudo. Y si además de ser el modelo era el lienzo, quedarse quieto era más difícil de lo normal.

Los músculos le dolían por el esfuerzo sobrehumano que suponía no moverse cuando era Lauren quien lo miraba y tocaba.

–¿Todavía no se te ha acabado el sirope?

Lauren estaba desnuda en el cuarto de baño bajo cubierta, mientras él «posaba» dentro de la ducha. Estaban desayunando gofres belgas cuando Lauren miró los restos de comida, agarró un pincel de cocina y un cuenco de sirope caliente y le ordenó a Jason que se dirigiera a la ducha. Él, naturalmente, no se negó.

Una gota de sirope de arce cayó en el pie de Jason.

–Si no dejas de moverte, lo dejaré yo.

–Eres mala.

–Sólo estoy cumpliendo otra fantasía.

–Aprovéchate conmigo, entonces –le hizo un guiño, imaginándose una vida entera explorando fantasías juntos–. Soy todo tuyo.

Lauren mojó el pincel en el cuenco y le untó el pecho de sirope. El olor a azúcar impregnaba el aire. Movió el pincel en círculos sobre los pectorales, y fue estrechando la circunferencia hasta tocarle el pezón. A Jason se le aceleró el pulso. Estaba más que dispuesto a tumbarla boca arriba y penetrarla, pero la mirada de Lauren volvió a advertirle que no se le ocurriera moverse.

Dio una larga pincelada descendente, recorrió sus costillas y siguió bajando hasta que Jason contrajo los abdominales y se mordió el labio.

–¿Tienes cosquillas?

Él jamás lo admitiría.

–No. ¿Qué estás dibujando?

–Un árbol grande y poderoso –el pincel le acarició los costados como si fueran las ramas. Debía de ser un árbol muy frondoso–. Pues a mí me parece que sí tienes cosquillas... Va a resultar que el grandullón tiene una debilidad.

Jason empleó toda su fuerza de voluntad en mantenerse inmóvil.

–Sólo es una debilidad si dejo que me afecte.

–¿Me estás provocando?

Él se limitó a arquear una ceja. Entonces vio la intención en sus ojos y se obligó a quedarse quieto mientras ella seguía moviendo el pincel, muy lentamente.

Cada vez más abajo.

Llegó a la punta de su sexo, que apuntaba enhiesto y endurecido hacia el vientre, y él se dejó caer contra la pared de azulejos. Esa vez Lauren no lo reprendió por moverse, sino que le sonrió con su poderosa sensualidad femenina y siguió descendiendo hasta la base del miembro. Entonces se arrodilló, amplió su sonrisa y se lo metió en la boca. Al sentir el tacto de su ávida lengua, lo invadió una sensación sin par mientras ella lamía hasta la última gota del sirope, con un gemido de deleite que retumbó en el pecho de Jason.

El pincel cayó al suelo, un segundo antes de que los dedos de Lauren empezaran a masajearlo al mismo tiempo que la boca. Jason apretó la mandíbula y apoyó las manos en la pared para no caer de rodillas. Si aquella tortura duraba mucho más tiempo acabaría perdiendo el control, y no podría comprobar si ella estaba tan excitada como él.

De manera que, lamentándolo mucho, le agarró la muñeca y la separó de él. Pero el remordimiento desapareció en cuanto vio sus pupilas dilatadas y las mejillas encendidas por la excitación. Aquellos síntomas demostraban hasta qué punto la afectaba su compañía, algo de lo que él pensaba aprovecharse hasta el fondo. Tiró de ella hacia la ducha y abrió el grifo. El chorro inicial de agua fría cayó como una lluvia de agujas sobre su piel hipersensible, pero enseguida se calentó.

La besó en la boca y degustó el sabor del sirope, el calor y el deseo. Pero por mucho que bebiera no podía saciarse. Tal vez cuando acabaran de hacer el amor pudiera arrancarle una promesa para que se quedara un poco más... y más... hasta que tuvieran una vida en común.

El agua y el sirope resbalaban por sus cuerpos y se perdían en espiral por el desagüe. Jason se subió una pierna de Lauren a la cadera, se colocó para penetrarla y ella le clavó el talón en el trasero para guardar el equilibrio. Se retorció con fuerza e impaciencia contra él y sus apremiantes gemidos ahogaban el canto de los pájaros en cubierta.

–Quédate... Quédate en San Francisco –la orden le brotó de los labios sin darse cuenta. Nada más decirlo se maldijo a sí mismo. Su intención era esperar a que hubiera acabado.

Rápidamente pegó la boca a la suya en un intento de distraerla. Al fin y al cabo, no era más que una breve frase que podía pasar fácilmente inadvertida.

Ella se detuvo y lo miró a través del agua que chorreaba de sus cabellos.

–¿Qué has dicho?

–Hablaremos después –extendió las palmas sobre sus hombros y bajó hasta sus pechos. Sabía que en una presentación publicitaria era fundamental elegir el momento oportuno, y conquistar a Lauren era la campaña más importante de su vida.

–He oído lo que has dicho –dijo ella. Su expresión era cauta y reservada y no dejaba adivinar sus pensamientos–. No entiendo por qué cambias las reglas.

–Eres tú quien ha levantado la prohibición de mantener relaciones sexuales –le dio una palmadita en el trasero, intentando mantener un contacto ligero mientras volvían a conectar–. Lo que hemos hecho lo cambia todo. Y no sé tú, pero yo quiero más.

Ella se mordió el labio. Un atisbo de duda se reflejaba en su rostro, y Jason volvió a guiarla entre sus piernas con renovada esperanza.

La expresión de Lauren se tornó triste.

–¿Por qué? –levantó una mano para tocarle la cara–. ¿Por qué quieres más?

No era la respuesta que había esperado, pero tampoco se había cerrado del todo. Jason buscó algún argumento que la hiciera cambiar de opinión y no encontró ninguno. Había empleado la artillería pesada desde que entró en su apartamento una semana antes. Pero tenía que haber algo que…

Su BlackBerry emitió un pitido desde la encimera del lavabo. Jason lo ignoró, pero segundos después volvió a sonar.

Lauren se apartó de él y agarró una toalla para envolverse.

–Responde.

–No –la agarró del codo–. Esto es importante. Quiero que tú y el bebé os quedéis conmigo. Pagaré todos los gastos que suponga trasladar tu negocio aquí, cualquier cosa que te lo ponga más fácil. Nueva York está demasiado lejos para la vida que quiero que tengamos en San Francisco –la frustración le oprimía la garganta mientras buscaba la manera adecuada de convencerla–. Maldita sea, Lauren. Es la decisión más lógica.

Nada más acabar su razonamiento se dio cuenta de que no había sido el más acertado. Y lo peor era que no tenía ni idea de cuál podría ser. ¿Sería una cuestión de cabezonería por parte de Lauren? ¿De orgullo? Un mal presagio empezó a invadirlo.

–No lo es –dijo ella. Agarró el BlackBerry y se lo tendió con más brusquedad de la necesaria.

A Jason no le quedó más remedio que tomarlo. Su intención era apagarlo enseguida, pero se detuvo al ver la dirección de correo electrónico que aparecía en la pantalla.

Era el detective privado que había contratado para que encontrase al ex contable de Lauren.

El mensaje decía lo siguiente:

He localizado al sujeto, su cuenta en las Islas Caimán y otros datos de interés. La información está lista para ser enviada a la policía. Dime cómo quieres proceder.

No podía ocultarle aquel mensaje a Lauren, aunque con ello aumentasen las posibilidades de que se quedara con él. Había perdido su oportunidad para conquistarla.

La empresa de Lauren estaba a salvo y ella ya no necesitaba su dinero. Por tanto, no había nada que la retuviera en San Francisco.

Lauren no tenía ningún motivo para quedarse. Jason no la amaba y nada hacía pensar que alguna vez lo hiciera.

Desde el coche de Jason contempló las casas que se alineaban en la empinada calle. Durante una semana más, la casa de Jason también sería la suya. Había prometido que se quedaría dos semanas para ayudarlo a rematar el trato con Walter Prentice y cumpliría su palabra, aunque ya no necesitara su dinero.

Tras recibir el mensaje en su BlackBerry, Jason le había hablado del detective que contrató para encontrar al contable y el dinero desaparecido, que resultó estar en una cuenta de las Islas Caimán. Las autoridades se disponían a detenerlo y ya habían congelado sus cuentas en otros países. Aunque no pudieran acceder a la cuenta o tuvieran problemas con la extradición, el criminal tenía tanto dinero en metálico guardado en otros lugares que ella acabaría recuperando lo que le pertenecía.

Al cabo de una semana volvería a su pequeño apartamento de Nueva York, a los fríos inviernos y a su empresa. Gracias a Jason y a su detective había recuperado su vida y podría devolverle a Jason el préstamo. Tenía todo lo que deseaba.

Entonces, ¿por qué se sentía tan vacía?

Iba a ser una semana muy larga y desgraciada en casa de Jason. Había sido una ilusa al creer que podía hace realidad sus fantasías con él y después marcharse con el corazón ileso.

Jason conducía en silencio a su lado. El olor de su cuerpo recién duchado se mezclaba con la calefacción del coche. La mañana era fría, pero no tanto como el nudo que le congelaba el pecho. Lo único que Lauren quería era llegar a su habitación, alejarse de Jason e ignorar la tentación que suponía cambiar sus planes por un hombre que ni siquiera le había dicho que la amaba.

Porque ella sí lo amaba. Llevaba la certeza grabada en lo más profundo de su ser, pero la simple palabra bastaba para asustarla. Había visto lo que les hizo el amor a sus padres y no quería que a ella le pasara lo mismo. Al parecer, Jason era tan cauto como ella ante los sentimientos, ya que no le había demostrado que sintiera por ella algo tan complicado, inconveniente y maravilloso como el amor.

¿Y si ella se arriesgara y se lo dijera? Tal vez cuando estuvieran en casa, cenando frente a la chimenea, se atreviera a correr ese riesgo…

Al llegar a lo alto de la colina, Lauren entornó los ojos para contemplar el amanecer y vio un coche de lujo aparcado frente a la casa de Jason. Él maldijo en voz baja y ella se enderezó en el asiento para mirar por la ventanilla. Un hombre alto y moreno estaba apoyado contra el coche y, al acercarse vieron que se trataba de Brock Maddox, el jefe de Jason. Iba vestido con un traje oscuro, y Lauren se preguntó si iría de camino al trabajo o a la iglesia. En cualquier caso, no le parecía buena señal que estuviera esperándolos.

Jason detuvo el coche junto al de Brock y salió del vehículo. Lauren también se bajó, pero se quedó en la acera en vez de entrar en casa. La curiosidad era demasiado fuerte.

–Buenos días, Brock –lo saludó Jason–. ¿Qué puedo hacer por ti?

Brock se irguió y se metió las manos en los bolsillos.

–Prentice no está contento.

–¿A qué te refieres? –preguntó Jason con el ceño fruncido.

–A la farsa de matrimonio que habéis montado.

Lauren se estremeció al oírlo. Independientemente de cuáles fueran sus sentimientos, no quería que Jason perdiera su trabajo. Se acercó a él y le agarró el brazo con una mano temblorosa.

–¿Quién dice que no es un matrimonio de verdad?

Brock los miró a uno y a otro, como si estuviera dudando sobre la conveniencia de incluirla en la conversación. No parecía tener interés en entrar en casa y mostraba su actitud habitual, distante e incluso un poco indiferente. ¿Sería ése el modelo que Jason aspiraba a imitar?

Lauren se frotó vigorosamente los brazos. Se le había puesto la piel de gallina. Al menos el barrio estaba tranquilo, salvo por un Jaguar que pasaba lentamente frente a la casa y los cuatro miembros de una familia vecina que se subían a un coche para ir a la iglesia. A Lauren se le formó un nudo en la garganta al verlos.

–Cualquier cosa que tengas que decirme puedes decírsela también a Lauren –dijo Jason.

–Muy bien –aceptó Brock–. En el mundo de los negocios todos se conocen. ¿Creías que esa transferencia de medio millón de dólares pasaría inadvertida? Vamos a ver si lo he entendido bien, porque los rumores que circulan desde Wall Street a Golden Gate Promotions son bastante confusos. El contable de Lauren se fugó con medio millón de dólares de la empresa...

Lauren miró a Jason, llena de pánico, pero él permanecía impasible.

–Supongo que le ofreciste a Lauren ayuda económica a cambio de que se casara contigo para que Prentice no sospechara del embarazo.

–Puede que no fuera un comienzo muy romántico –dijo Lauren, intentando buscar las palabras adecuadas para salvar la carrera de Jason. Qué irónico resultaba que él empezara a tener problemas justo cuando los suyos se solucionaban–. Pero las cosas han cambiado.

Le costaba entender que Jason pudiera trabajar en un ambiente tan claustrofóbico, rodeado de fisgones y envidiosos. Por un momento pensó en declarar en voz alta lo mucho que lo amaba.

Brock volvió a mirar a Jason.

–Entonces... ¿Lauren va a quedarse contigo?

Jason dudó más de la cuenta en responder.

–No ha reservado ningún billete de avión.

Brock arqueó una ceja.

–Tendrás que inventarte algo mejor. Ya sé que la policía está metida en el asunto.

–Mi mujer y yo compartimos muchas cosas, entre ellas los problemas económicos. Su negocio es mi negocio. ¿Qué hay de malo en que invierta en su empresa?

–Prentice no lo ve así. No confía en un hombre que le paga a una mujer para que finja estar casada con él sólo por salvar una campaña publicitaria.

Lauren quería decirle a Brock que se largara, pero se contuvo por el bien de Jason. Además, por una vez los rumores eran ciertos.

Jason se cuadró como si estuviera en el ejército.

–¿Qué vas a hacer? –le preguntó a Brock.

–Es tu campaña. Tú la conseguiste y tuya es la responsabilidad. Aunque admito que nunca hemos necesitado un cliente como Prentice tanto como ahora. La competencia nos pisa los talones, especialmente Athos Koteas.

–Lo entiendo, y quiero hacer lo que sea mejor para Maddox Communications.

Brock miró brevemente a Lauren antes de volver a dirigirse a Jason.

–Intuyo hasta dónde estás dispuesto a llegar, y aunque una parte de mí te admira por eso, espero que sepas lo que haces –se pasó una mano por la mandíbula–. Lamento no haberme dado cuenta antes.

Jason se pellizcó la nariz. En cuanto a Lauren, se sentía como una idiota. Una pobre ingenua que se había enamorado de su ambicioso e implacable marido. Gracias a Dios no había llegado a declararle sus sentimientos.

Brock sacó las llaves del coche y las agitó en la mano.

–Eso es todo por ahora. Sólo quería avisarte en persona y darte tiempo para que pienses en la forma de salvar tu trasero. Prentice ha convocado una reunión para mañana por la tarde. Pero quiero verte en mi despacho a primera hora de la mañana –se despidió de Lauren con un movimiento de cabeza y se subió al coche.

Jason se quedó mirando como se alejaba el vehículo, sin mirar a Lauren.

–Supongo que ya está todo dicho –murmuró–. No tienes que esperar hasta la semana que viene para marcharte.

Era lo que ella quería. Lo que había planeado desde el principio. Volvió a mirar a la familia que se disponía a ir a la iglesia en coche. El padre estaba sujetando al bebé en la sillita. Si al final tenía todo lo que quería, ¿por qué le resultaba tan dolorosa la imagen de aquella familia?

Capítulo Doce

A la mañana siguiente, Jason salió del despacho de Brock tras una reunión en la que se diseñó la estrategia para seguir con Prentice, con quien mantendrían otra reunión por la tarde. Seguía tan aturdido por los últimos acontecimientos que apenas podía concentrarse en el trabajo. Había perdido a Lauren y sólo podría ver a su hijo en las fechas que le correspondieran.

La noche anterior Lauren y él habían vuelto a dormir separados. Él en el sillón reclinable y ella en la cama. Lauren le había pedido que se marchara a la oficina antes de que ella se despertara. Se mantendría en contacto por el bebé, pero no quería ninguna despedida dramática.

Tenía que memorizar el discurso que Brock le había dado para la reunión de esa tarde. Era un montón de mentiras, bastante enrevesadas pero creíbles, para que Prentice no perdiera la confianza en Jason y en la empresa. El trabajo era lo único que le quedaba. Su única ambición sería conseguir un despacho mayor con mejores vistas.

Flynn Maddox se le acercó y le pasó un brazo por los hombros.

–¿Me acompañas? Vamos por algo de comer y luego iremos a mi despacho.

Como si Jason tuviera elección... Seguramente Flynn quería hacer de poli bueno después de que a su hermano le tocara hacer de poli malo. Pero Jason sospechaba que aquellos papeles reflejaban fielmente sus verdaderas personalidades.

Bajaron en el ascensor a la quinta planta, que albergaba los departamentos de relaciones públicas, de finanzas y de arte. Las oficinas eran más pequeñas que las de la sexta planta, pero igualmente modernas y bien equipadas. Flynn repartió saludos y sonrisas mientras avanzaba entre los despachos. A cada persona la llamaba por su nombre y se detuvo a hablar brevemente con un par de empleados.

Finalmente llegaron al gran comedor provisto de una moderna cocina. Brock Maddox siempre mantenía la nevera repleta de refrigerios, pues sabía que la labor creativa exigía reponer fuerzas constantemente. Flynn abrió la nevera y sacó una bolsa de comida china.

–Hay bastante para compartir. ¿Quieres agua o soda?

–Agua, gracias.

Definitivamente, Flynn se comportaba de una forma mucho más natural que su hermano, quien ni siquiera le había ofrecido asiento y mucho menos un paseo hasta la cocina. Volvieron a la sexta planta y entraron en el despacho de Flynn. Había sido el de Brock cuando su padre vivía, pero cuando Flynn lo ocupó lo llenó de plantas, sofás de color crema y un escritorio de cristal. El tipo de despacho que le gustaría a Lauren.

Hizo una mueca al pensar en ella. ¿Estaría condenado a pasar el resto de su vida pensando en ella? Tenía que sacársela de la cabeza cuanto antes, porque Lauren ya no estaría cuando volviera a casa aquella noche.

Quizá sería mejor quedarse a dormir en el sofá de su despacho, en vez de torturarse con el olor de Lauren impregnando las sábanas. Se volcaría de lleno en el trabajo y sacaría adelante su carrera.

Flynn se sentó detrás de la mesa, le indicó a Jason que tomara asiento frente a él y le pasó un recipiente que contenía pollo agridulce y unos palillos.

–¿Cómo lo llevas después de la bronca de mi hermano?

–Tiene razón para estar enfadado. Hará falta algo más que suerte para salvar la reunión con Prentice esta tarde.

Flynn removió la comida con los palillos.

–Brock puede ser muy duro a veces, pero sólo vive para la empresa. Adoraba a nuestro padre y está decidido a mantener su legado. Yo no estoy de acuerdo con sus métodos, pero los entiendo –apoyó los pies en la mesa mientras desmenuzaba un rollito de primavera–. Según él, padezco una indolencia crónica hacia la empresa.

Jason abrió la botella de agua. Su padre se habría llevado muy bien con Brock, a quien debía de ser muy difícil tener como hermano mayor. Pero por muy tensa que fuera la relación entre los dos hermanos Maddox, Jason no tenía la menor intención de arriesgarse a tomar partido por ninguno de ellos.

Flynn se zampó el rollito en dos bocados y siguió hablando.

–La situación no es la ideal, pero la empresa no corre peligro. No hay motivos de preocupación. En cuanto hayamos tirado a Koteas de su pedestal, el mercado será nuestro.

–Estupendo –no era la imagen que le había pintado Brock, pero ya sabía que los dos hermanos rara vez veían las cosas de la misma manera.

–Es evidente que Brock y yo no tenemos muy buena relación, ¿verdad?

Jason se encogió de hombros.

–Tendremos que esforzarnos más en ocultar nuestras diferencias –continuó Flynn–. La empresa necesita un frente unido –volvió a bajar los pies al suelo y apoyó los codos en la mesa–. Supongo que te estarás preguntando por qué te he traído a mi despacho.

–Soy el hombre del momento.

Flynn adoptó una expresión seria que aumentó considerablemente el parecido con su hermano.

–Vamos a olvidarnos de la empresa por un momento –se pasó la mano por el pelo como si le costara encontrar las palabras–. Bueno, lo diré de la forma más directa posible... No dejes que el trabajo sea más importante que tu mujer.

Jason apartó su comida. No era aquello lo que esperaba oír, y no sabía cómo tomárselo.

–Lauren se marcha a Nueva York esta tarde –se le formó un nudo en el pecho al imaginarse el silencio que lo esperaba al llegar a casa–. Lo nuestro se acabó.

–Aún no es demasiado tarde, Jason. No habéis firmado el divorcio. Escúchame bien, porque te hablo desde la experiencia. Yo dejé que mi familia y mi trabajo se interpusieran entre Renee y yo, y desde entonces no he dejado de lamentarlo. ¿De verdad quieres acabar como Brock, viviendo exclusivamente para tu trabajo?

Brock vivía en un apartamento situado en aquel mismo edificio. Era una vivienda de lujo, pero Jason prefería su casa.

Su casa vacía… que no empezó a ver como un hogar hasta que Lauren habló de llenarla de muebles y plantas.

–Es una opinión muy discutible –le dijo a Flynn–. Lauren y yo sabíamos dónde nos estábamos metiendo, y hemos intentado encontrar la mejor solución posible.

–No te pareces al Jason Reagert que todos conocemos. ¿De verdad vas a rendirte tan fácilmente?

¿Qué demonios sabía Flynn? Jason se había pasado la última semana intentando convencer a Lauren por todos los medios de la maravillosa vida que podían compartir.

¿Sólo una semana?

La amarga verdad lo golpeó como un puño. No quería ser esa clase de persona, el hombre que se lamentaba de no haber hecho todo lo posible por la mujer amada.

Sí, la amaba. Él no era como su padre, quien nunca se habría preocupado por la felicidad de Lauren ni se habría quedado boquiabierto ante una ecografía.

Una semana no era tiempo suficiente cuando se trataba de luchar por una vida en común, pero sí bastaba para descubrir lo que sentía por Lauren. Ella era la mujer perfecta para él, en todos los sentidos. Como amiga, como amante, como esposa y como madre de su hijo.

Flynn tenía razón. Nada podía ser más importante que ella, y desde luego no su trabajo. Y él no iba a dejar que el trabajo controlara su vida igual que le había pasado a su padre. Iría a buscar a Lauren a Nueva York y, si hacía falta, montaría allí su propia empresa de publicidad. Lo que fuera con tal de estar con ella.

En cuanto acabara la reunión con Prentice aquella tarde, tomaría el primer vuelo a Nueva York para recuperar a su mujer.

Lauren miró la casa de Jason por el espejo retrovisor mientras el taxi se ponía en marcha. Su breve matrimonio había acabado sin escenas ni despedidas, ya que Jason había respetado su deseo y se había marchado al trabajo antes de que ella se despertara.

Su vida era tan caótica como si fuera un cuadro de Picasso.

La ciudad se extendía ante sus ojos, recordándole todo lo que había compartido con Jason en una sola semana. Eran recuerdos maravillosos que siempre llevaría consigo.

Amaba a Jason, pero no podía vivir a su lado si él no sentía lo mismo por ella.

El teléfono móvil empezó a sonar en su bolso, sobresaltándola. ¿Sería Jason? Lo sacó rápidamente y miró la pantalla. Era su madre.

Pensó en devolverlo al bolso y que siguiera sonando. Había hablado con su madre el día anterior sobre los murales de los cuartos para niños, y en ese momento no tenía fuerzas para aguantar una conversación. Pero sólo estaría retrasando lo inevitable, de modo que se llevó el móvil a la oreja.

–Hola, mamá. ¿Qué quieres?

–Sólo llamo para saber cómo estás.

Lauren puso una mueca de extrañeza. Hacía mucho que su madre no hablaba en un tono tan tranquilo.

Rápidamente sofocó el menor atisbo de esperanza. Lo más probable era que estuviese a punto de sufrir otra crisis nerviosa.

–Me siento mucho mejor –físicamente, al menos. Emocionalmente estaba por los suelos–. De hecho, ahora mismo voy de camino a Nueva York para atender algunos asuntos de trabajo.

Esperaría a otro momento para hablarle del divorcio. Y se preparó para escuchar los inevitables consejos y ruegos de su madre para pasar juntas cada hora del día.

Apretó fuertemente el teléfono.

–Es fantástico, Lauren. Me alegro de que todo te vaya bien –su madre hizo una pausa y Lauren oyó que respiraba temblorosamente–. Escucha, cariño… te he llamado por un motivo en particular.

A Lauren se encogió el estómago. Nunca podía estar segura de lo que iba a contarle su madre, pero, fuera lo que fuera, siempre acababa en llantos y ataques.

–Te escucho.

–Es algo que me cuesta mucho decir, así que te pido que no me interrumpas.

Lauren reprimió una carcajada histérica. ¿Cómo iba a interrumpirla si su madre nunca le dejaba hablar?

–Cuando quieras, mamá.

–Hoy he ido al médico. No al médico de cabecera, sino... al que dejé de ir hace un tiempo –sus palabras cobraron velocidad–. Hemos concertado una serie de citas para los próximos meses.

Lauren no estaba segura de haber oído bien. ¿Sería posible que...?

–Eso está muy bien, mamá –dijo con cautela–. Es una buena noticia.

–No me interrumpas, cariño.

–Lo siento –sacudió la cabeza, aturdida por la sorprendente revelación–. Sigue.

–Me ha recetado un nuevo medicamento que ha salido al mercado y voy a empezar a tomarlo enseguida. No es fácil para mí hacerlo, pero quiero ser la mejor abuela que pueda. Quiero estar lo más sana posible para disfrutar del pequeño que vas a tener –se oyó el tintineo de la cadena de las gafas. ¿Estaría retorciéndola con nerviosismo? Seguramente. Aquél era un paso gigantesco para Jacqueline–. Eso era todo, cariño. Ya puedes hablar.

No era la primera vez que su madre buscaba la

ayuda de un médico para luego abandonar el tratamiento, pero Lauren rezó para que aquella nueva iniciativa fuera la definitiva.

–Sé lo difícil que ha sido para ti, mamá, y me siento muy orgullosa. Gracias por llamarme para decírmelo.

Su madre nunca le había dicho cuándo iba al médico. Tenía derecho a guardarlo en secreto, naturalmente, pero lo hacía para fingir que no tenía ningún problema. Que pudiera confesarlo abiertamente era una auténtica proeza. Por delante quedaba un camino largo y difícil, pero acababa de dar el paso más importante.

–Te quiero, mamá.

–Yo también te quiero, cariño –susurró su madre. Volvió a oírse el tintineo de la cadena y la comunicación se cortó.

Lauren se apretó el móvil contra el pecho, intentando aferrarse con fuerza al nuevo y delicado vínculo que se había establecido con su madre. Le había dicho a Jacqueline que estaba orgullosa de ella, pero le costaría un tiempo asimilar el cambio.

Entonces la asaltó una pregunta. Su madre tenía el valor suficiente para encauzar su vida y buscar la felicidad, ¿por qué no ella? Se enderezó en el asiento y el móvil cayó a su regazo. No quería marcharse de San Francisco. No quería abandonar a Jason. Era su mujer, estaba embarazada de su hijo y lo amaba.

Teniendo en cuenta todo eso, ¿por qué huía de la promesa de una vida en común? Él no le había dicho que la amaba, pero ¿se había molestado ella en preguntárselo? ¿Acaso le había confesado ella sus sentimientos?

Observó por la ventanilla la ciudad que apenas había empezado a conocer. Un todoterreno en el que viajaba una familia y que remolcaba un barco pasó en sentido contrario. Lauren recordó el velero de Jason y pensó en los fabulosos fines de semana que podían pasar en el mar. Nunca se había permitido pensar en ello, a pesar de que Jason había intentado hacérselo ver.

El taxi pasó junto a un restaurante y Lauren pensó en lo mucho que había disfrutado lamiendo el sirope en el cuerpo de Jason. Vio también un vivero y se imaginó a Jason ayudándola en un jardín. Mirara a donde mirara veía imágenes de un futuro maravilloso, como si al permitirse soñar hubiera sacado al genio de la lámpara.

Sólo le había dado una semana a su relación, por el amor de Dios. No era tiempo suficiente para asentar nada, y sin embargo estaba huyendo como una cobarde. Era irónico que, después de pasarse toda la vida intentando no ser como su madre, fuera precisamente Jacqueline quien le enseñara un par de cosas sobre el valor.

Dio unos golpecitos en la pantalla de plástico que la separaba del conductor y dijo:

–Perdone, ¿podemos dar la vuelta, por favor? Necesito que me lleve a Powell Street. Al edificio Maddox.

***

De pie en el extremo de la mesa de la sala de juntas, Jason pensó en el discurso lleno de mentiras que Brock le había ordenado pronunciar.

Y no pudo hacerlo.

Si quería recuperar a su mujer, tenía que empezar en ese preciso instante, aunque ella no estuviera para escuchar lo que tenía que decir.

–Señor Prentice, por mucho que valoro tenerlo como cliente, para mí no hay nada más importante que Lauren y nuestro hijo. Por ello, prefiero recomendarle a cualquier otro publicista de la empresa antes que permitir que nada ni nadie se interponga entre mi esposa y yo.

Walter Prentice se recostó en el sillón rojo de cuero y entornó la mirada con expresión inescrutable.

–¿Se da cuenta de lo que está sugiriendo, Reagert? No me gustan las personas que…

Un carraspeo lo interrumpió desde el otro extremo de la sala. Jason se giró…

Y se encontró con Lauren en la puerta.

Todos los presentes se giraron para verla mientras Jason intentaba reponerse de la conmoción. Miró a Lauren con cautela y vio la determinación que ardía en sus ojos.

–Señor Prentice –dijo ella. Entró con paso firme en la sala y se enganchó al brazo de Jason–. Puedo asegurarle que Jason y yo estamos de acuerdo en todo.

–¿Está pensando en llevarse a este joven tan brillante a Nueva York? –le preguntó él.

–No tengo intención de llevarme a Jason a ninguna parte –respondió ella–. Señor Prentice, nuestro matrimonio es sólido como una roca. Nada me alejará de San Francisco ni de Jason.

Lo decía como si se lo creyera de verdad, pensó Jason. Si aquello era alguna venganza para hacerle pagar toda aquella farsa de matrimonio... Pero entonces volvió a mirarla a los ojos y se encontró con una mirada de amor y sinceridad. El alivio que sintió fue tan inmenso que por un momento olvidó dónde estaba, pero afortunadamente Gavin tosió para recordárselo y Jason se dirigió de nuevo a Walter Prentice.

–¿Qué hay de esos rumores que han llegado a mis oídos sobre un matrimonio de conveniencia? –preguntó Prentice con una mueca de desaprobación–. Señora Reagert, ¿aceptó medio millón de dólares para hacerse pasar por su esposa?

Jason se dispuso a decirle que no era asunto suyo, pero Lauren le apretó ligeramente el brazo.

–Señor Prentice, no es ningún secreto que mi empresa tenía graves problemas económicos y que Jason se ofreció a hacer lo que fuera para ayudarme. Igual que yo haría lo que fuera por ayudarlo a él. Como pareja, tenemos que apoyarnos y velar mutuamente por nuestra felicidad.

Todas las miradas se dirigieron hacia Prentice. Parecía que todo el mundo estuviera conteniendo la respiración, porque la sala se había quedado en un silencio sepulcral.

Finalmente, Prentice echó la cabeza hacia atrás y soltó una sonora carcajada. Su risa inundó la habitación junto a los suspiros de alivio.

También Jason suspiró. Había estado dispuesto a luchar por Lauren hasta el final, pero ella se le había adelantado. Era una mujer increíble.

Prentice le dio una palmada en la espalda y le agarró el hombro con actitud paternal.

–Me gusta la gente que se rige por mi lema: la familia lo es todo.

La expresión de sorpresa de Brock no tenía precio. No en vano su lema siempre había sido: «La empresa ante todo».

–Maddox –lo llamó Prentice–, dales el resto de la semana libre a los recién casados. Es una orden. El resto de tu gente podrá encargarse del papeleo mientras estos dos empiezan su matrimonio como es debido.

Todo el mundo empezó a aplaudir y vitorear. Brock también, aunque de una manera bastante más discreta que el resto.

Lauren se puso colorada, pero no dejaba de sonreír. Jason la sacó rápidamente de la sala, la llevó a su despacho y cerró la puerta tras ellos. La risa de Lauren se mezcló con la suya al estrecharla entre sus brazos. La besó y ella lo besó a él, sin dudas y sin barreras. Un beso de pura pasión, alivio y conexión.

Tenían por delante un día libre muy prometedor, pero antes tenía que asegurarse de una cosa.

–¿Lo que le has dicho a Prentice… iba en serio?

–Hasta… –lo besó– la última… –lo besó otra vez– palabra.

Jason volvió a suspirar de alivio.

–Gracias a Dios, porque hoy me di cuenta de que no podía dejarte escapar.

–En ese caso, es una suerte que no me haya marchado –tiró de su corbata para acercarlo más a ella–. No es muy profesional hacer el amor en la oficina, ¿verdad?

–Estamos casados –le recordó él, impaciente por sellar aquel nuevo y sincero compromiso–. Hay que hacer lo mejor para nuestro futuro. Además, cada vez que me siente aquí estaré pensando en ti, lo que significa que me daré toda la prisa posible por acabar el trabajo y volver a casa con mi familia, con mi esposa, con la mujer a la que amo.

Los ojos de Lauren se llenaron de lágrimas, pero la sonrisa que esbozó fue tan radiante que estuvo a punto de cegarlo.

–Pues entonces… –le susurró con la boca casi pegada a sus labios–, arráncame las bragas y házmelo sobre la mesa.

–Si sigues hablando de esa manera, habremos acabado tan pronto que nadie sospechará lo que ha pasado aquí.

–Por mí, perfecto. Así nos iremos antes a casa.

–A casa –entrelazó las manos en sus suaves cabellos, tan exuberantes como el resto de su cuerpo–. ¿Estás segura de que quieres quedarte en San Francisco? No sé si me oíste antes de que interrumpieras a Prentice, pero le dije que estaba dispuesto a trasladarme a Nueva York si era lo que hacía falta para hacerte feliz. Tengo los recursos necesarios para instalarme donde tú quieras. No voy a perderte por culpa de un trabajo –el trabajo y el orgullo se habían interpuesto entre su padre y él. No volvería a cometer el mismo error.

–Oh, Jason… –la voz le temblaba y las lágrimas no dejaban de afluir a sus ojos–. Yo siento lo mismo. Me di cuenta de que el miedo a perder el control era lo que me impedía ser realmente feliz. Es aquí, contigo, donde quiero estar.

–No te merezco –murmuró él, apretándola contra su pecho.

–Entonces tendrás que esmerarte a fondo para hacerte digno de mí –bromeó ella–. ¿Qué te parece si empleamos el dinero que invertiste en mi empresa para abrir una sucursal aquí?

–Me parece una idea magnífica –corroboró él–. Así podríamos trabajar juntos como hacíamos en Nueva York.

–Formábamos un gran equipo.

–Aún lo formamos. Siempre me has parecido una mujer increíble, pero esta semana he descubierto hasta qué punto te amo y lo mucho que te necesito en mi vida. Me alegra que decidieras quedarte, pero estaba dispuesto a seguirte a cualquier parte. No podía dejar que salieras de mi vida por segunda vez.

Una lágrima resbaló por la mejilla de Lauren y llegó hasta sus labios.

–Yo también te amo. Más que a nada. Tenía miedo de lo que sentía por ti, porque no quería volverme como mi madre y que acabáramos como mis padres. Pero ahora sé que no es así. Tú y yo estamos hechos para estar juntos, porque sacamos lo mejor el uno del otro.

Tenía razón. Con ella podía tener la vida y la familia con la que jamás se había atrevido a soñar.

–Parece que has pensado mucho en las últimas horas.

–Y eso que aún no te he contado los planes que tengo para el jardín –le dijo ella, subiendo los dedos por la solapa de la chaqueta–. Bueno, y ahora que hemos acabado con los negocios...

Él la levantó y la sentó en el borde de la mesa, acoplando sus cuerpos a la perfección, como siempre.

–Es la hora del placer.

Epílogo

San Francisco, dos semanas después

Lauren Presley no entendía cómo un hombre podía estar tan dentro de su cuerpo y de su cabeza al mismo tiempo. Pero así era. Su marido, medio desnudo y abrazado a ella en el sofá, estaba presente en cuerpo y alma.

Y ella se aprovecharía de ambas cosas en el salón recientemente amueblado en cuanto recuperase el aliento.

El cuero del sofá burdeos se pegaba a sus pantorrillas a través de las medias, empapadas de sudor por el frenético arrebato pasional.

Jason le apartó el pelo de la oreja.

–Tengo una idea... Vamos a probar cada pieza del mobiliario de esta manera.

Ella arqueó el cuello para ofrecérselo.

–¿No será un poco difícil con ese piano antiguo que has comprado?

–Podemos ensayar algunas posturas nuevas... –le acarició el vientre con una flor del jardín–. Las flores son preciosas. Aún me cuesta creer lo rápido que la casa se está transformando en un hogar.

–Y sólo es el comienzo –dijo ella.

Había colocado dos maceteros junto a la puerta principal y en ellos había plantado dragonarias y diascias. Era un bonito comienzo, pero Lauren estaba deseando llenar el jardín de flores. Para ello tenía todo el tiempo del mundo. Con Jason. Por siempre juntos.

Había contratado a un gerente para que se encargara de la oficina de Nueva York y había empezado los trámites para abrir una sucursal en San Francisco. Muy pronto recibiría el dinero que su ex contable le había robado, y Jason y ella habían decidido invertir el préstamo de medio millón de dólares en expandir el negocio en California. Sería una buena inversión para el futuro y para su hijo, y Lauren ya estaba haciendo planes para construir una bonita oficina junto a la casa.

Todo era perfecto. Tenía a su amigo, a su amante, a su pareja, a su marido, y además era el amor de su vida.

Habían invitado a Jacqueline a que buscase un apartamento en San Francisco para pasar allí los inviernos cuando naciera su nieto. A Lauren le resultaba mucho más fácil tratar con su madre ahora que tenía a Jason con ella, especialmente desde que su madre había aceptado recibir ayuda para su enfermedad.

–Te quiero –le susurró a Jason.

–Y yo a ti –respondió él. Lauren sabía que nunca se cansaría de oírlo.

La familia lo era todo... El lema de Prentice funcionaba a la perfección con ellos. El comienzo quizá hubiera sido un poco extraño, pero ambos estaban tan limitados por su obcecación y dedicación al trabajo que la vida había tenido que darles un buen zarandeo.

Lauren cambió de postura y se sentó a horcajadas en el regazo de Jason.

–Tengo antojo de tortitas con sirope... ¿Qué te parece si esta vez manejas tú el pincel?

Él se levantó, con las piernas de Lauren rodeándole la cintura.

–Eres la mejor compañera de trabajo que existe, señora Reagert. Realmente la mejor.

En el Deseo titulado
Bajo sus condiciones, de Emilie Rose,
podrás continuar la serie
SE ANUNCIA UN ROMANCE

Deseo™

Heredera inesperada

KATHIE DeNOSKY

Convertirse en el nuevo propietario del rancho Hickory Hills no entraba en los planes del millonario Jake Garnier. Y convertirse en padre era aún más increíble. Porque su nuevo negocio incluía a Heather McGwire, la gerente del rancho… y madre de su hija secreta.

Después de haber sobrevivido al abandono de su padre, Jake sabía que debía hacer frente a sus responsabilidades y, por lo tanto, casarse con Heather era la única solución. Sin embargo, ella se negaba a aceptar bonitas palabras o simples promesas. Si Jake quería una familia de verdad, tendría que ser para toda la vida.

Hija secreta, herencia por sorpresa

¡YA EN TU PUNTO DE VENTA!